W0465693

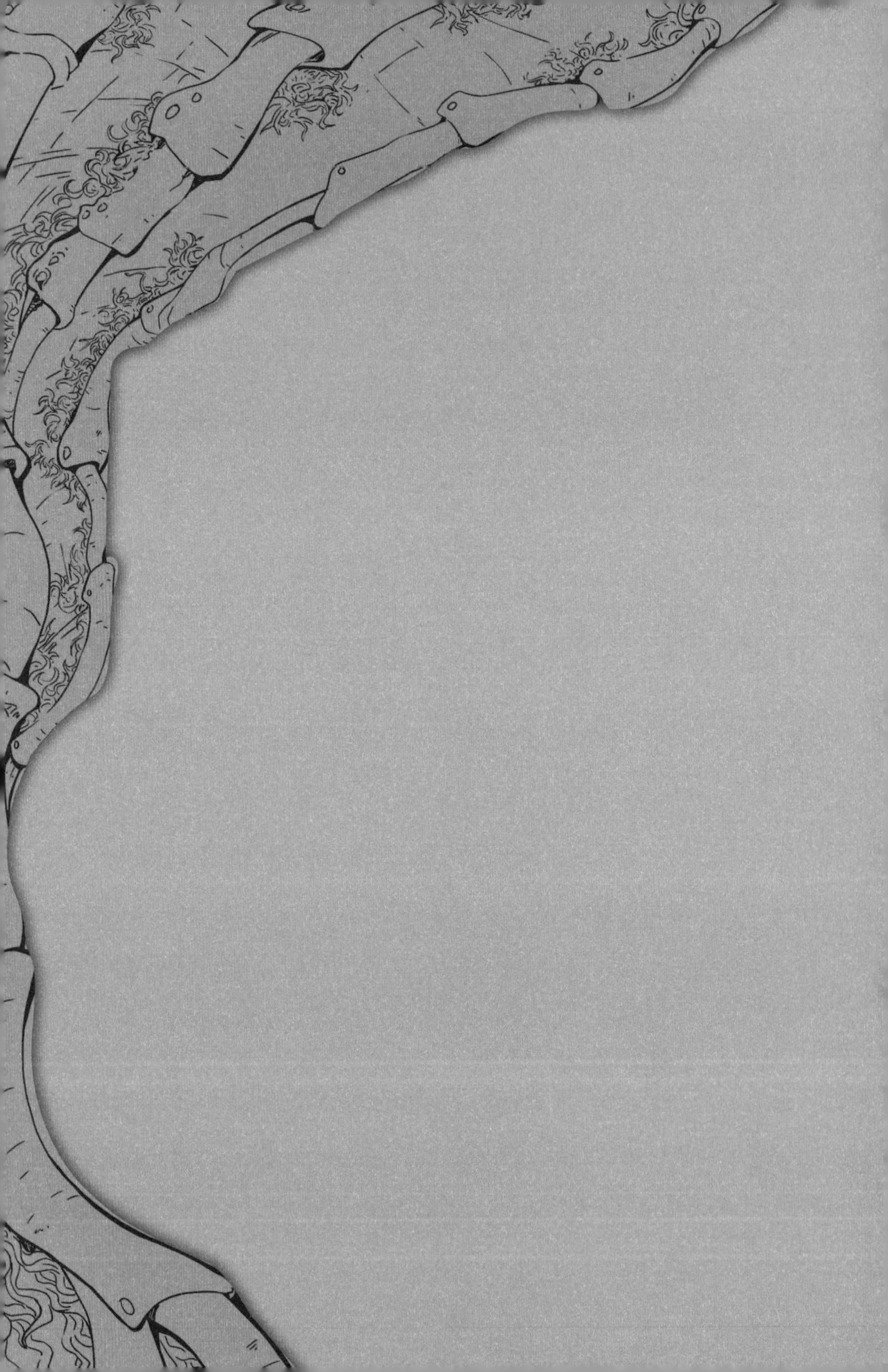

REAL HERO

ESCUELA de GAMERS 3

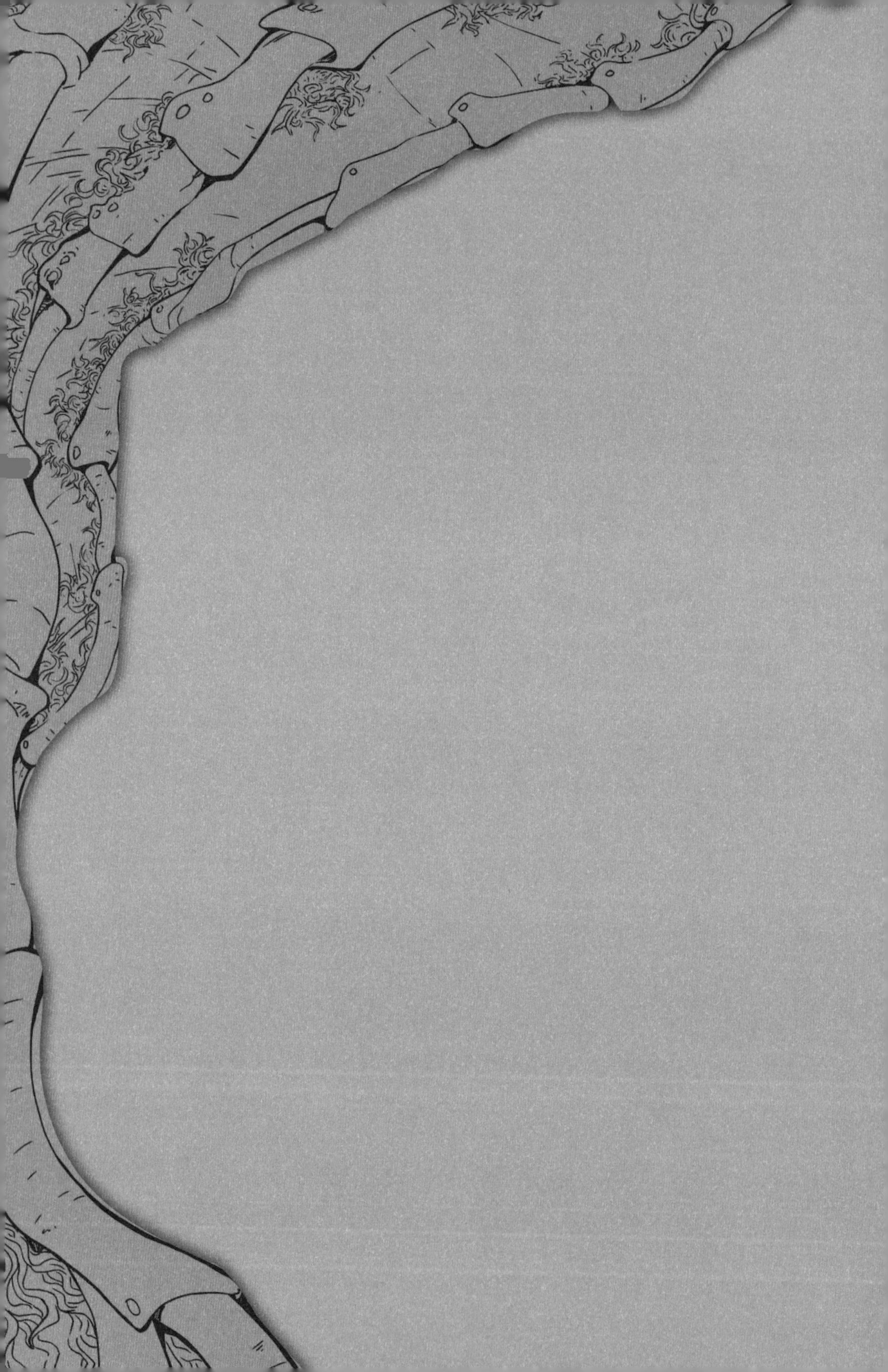

El Rubius

Real Hero

Escuela de Gamers 3

mr ediciones martínez roca

© elrubius, 2019
© Editorial Planeta, S. A., 2019
© Minerva Miralles Oliver, por layout, entintado, supervisión de color y rotulación, 2019
© Verónica López Pachón, por el color, 2019

Redacción y versión final del texto: Sergio Parra Castillo y Josep Busquet Mendoza, 2019
Diseño de interior: María Jesús Gutiérrez
Tipografía del título: Sergio Galarza

Ediciones Martínez Roca, sello editorial de Editorial Planeta, S.A.
Avda. Diagonal, 662.664, 08034 Barcelona
www.planetadelibros.com

Primera edición, junio de 2019
ISBN: 978-84-270-4557-6
Depósito legal: B. 12.135-2019
Preimpresión: Safekat, S. L.
Impresión: Unigraf, S. L.

No se permite la reproducción total o parcial de este libro, ni su incorporación a un sistema informático, ni su transmisión en cualquier forma o por cualquier medio, sea este electrónico, mecánico, por fotocopia, por grabación u otros métodos, sin el permiso previo y por escrito del editor. La infracción de los derechos mencionados puede ser constitutiva de delito contra la propiedad intelectual (art. 270 y siguientes del Código Penal).

Diríjase a CEDRO (Centro Español de Derechos Reprográficos) si necesita fotocopiar o escanear algún fragmento de esta obra. Puede contactar con CEDRO a través de la web www.conlicencia.com o por teléfono en el 91 702 19 70 / 93 272 04 47.

El papel utilizado para la impresión de este libro es cien por cien libre de cloro y está calificado como papel ecológico.

Me alegro de que hayas llegado hasta aquí. El camino ha sido largo y peligroso. Sin embargo, ha llegado el momento de enfrentarnos al momento más crucial de nuestra vida. Ese momento en el que debemos escoger quiénes debemos ser el resto de nuestras vidas. Muchas veces me he hecho esa pregunta. Supongo que tú también. Espero que esta historia te descubra, como lo hizo conmigo, dos cosas importantes al respecto.

La primera:

que nunca es tarde para cambiar, en caso de que te equivoques de camino.

La segunda:

que las cosas no son blancas o negras, y que las personas más interesantes prefieren dedicarse a explorar los grises.

¿Te vienes conmigo?

RUBIUS

PRÓLOGO

HOY NOS ENCONTRAMOS EN FLORIDA, EN EL HOTEL DEMSLEY SANDCASTLE, DONDE CONOCEREMOS A LITTLE, LA PERRITA MÁS RICA DEL MUNDO.
SÍ, HAN ESCUCHADO BIEN, UNA PERRITA MILLONARIA.
FLORIDA HOTEL DELMESLEY SANDCASTLE.
SU DUEÑA ERA LENA DEMSLEY, UNA DE LAS MUJERES MÁS RICAS DE LA CIUDAD.
MURIÓ EN 2005 DEJANDO 12 MILLONES DE DÓLARES EN HERENCIA A LITTLE.
KARL LETIK, EL DIRECTOR GENERAL DEL HOTEL, ES EL ENCARGADO DE QUE NO LE FALTE NADA A LITTLE.
ASÍ ES.
HOY ES EL CUMPLEAÑOS DE LITTLE Y LE HEMOS PREPARADO UN BANQUETE PARA CELEBRARLO.

HEMOS INVITADO A TODOS SUS AMIGUITOS, TIENEN TODO TIPO DE DELICIAS, INCLUSO UN NUEVO PIENSO SUPEREXCLUSIVO QUE NOS HAN ENVIADO.
CAVIAR PARA PERROS.
¿LITTLE?
GRRRR
¿PERO QUÉ...?

¿ESTÁS GRABANDO?
¡QUÍTAMELOS DE ENCIMA!
¡SE HAN VUELTO LOCOS!
SIN SEÑAL

CAPÍTULO 1

Australia, 6 de enero de 2006.

A pesar de todo lo que había descubierto, intenté que los nervios no me traicionaran en mi primer encuentro con Oli, Flynn y Verkan tras las vacaciones de Navidad.

Me había pasado todas aquellas fiestas fingiendo frente a mi familia, fingiendo que era feliz, fingiendo que todo iba bien. Pero nada estaba bien. De hecho, todo estaba muy mal. Sobre todo si pensaba en Oli.

Cuando la vi llegar a Gamedonia y descubrí que seguía siendo la de siempre, casi me lancé a abrazarla con todas mis fuerzas. Sin embargo, disimulé mi entusiasmo. No quería preocupar a mis amigos más de lo debido. Era mejor que todos viéramos aquellos vídeos juntos antes de sacar conclusiones precipitadas.

—¿Cómo habéis pasado las Navidades? —pregunté intentando esbozar una sonrisa, aunque más bien me salió una mueca extraña.

Flynn fue la primera en hablar con tono apesadumbrado.

—Las vacaciones se me han pasado volando, no me puedo creer que ya estemos otra vez aquí. Qué pereza...

—¿No te alegras de volver a vernos? —intervino Verkan, herido en su orgullo.

—Mmm, ¿y tú? ¿Me has echado de menos? —repuso ella formando una sonrisa burlona.

Verkan carraspeó.

—No me refería a eso...

—Ya, ya. Claro que me alegro, tonto. Pero estas Navidades han sido increíbles. Santa Claus me trajo un videojuego brutal, el *Trampage*, y me he pegado un vicio legendario.

—¿Te has tirado todas las fiestas jugando? —le recriminó Verkan.

—Bueno, también hemos hablado por teléfono muchas noches, ¿no te acuerdas?

Verkan volvió a carraspear.

—Bueno, yo... mis Navidades no han sido tan maravillosas. Mi padre no está nada contento con que siga en Gamedonia. Básicamente me he pasado las vacaciones encerrado en mi habitación de sol a sol.

—¿Jugando a *Trampage*? —aventuró Flynn, emocionada.

—Ejem, no. Trabajando en cosas importantes.

—¿Más importante que el *Trampage*? Lo dudo...

—He estado escribiendo un programa para encontrar patrones psicológicos para vincular personas.

Oli esbozó esa mueca que suelen poner los abuelos cuando tratan de configurar su teléfono móvil o los niños pequeños intentando resolver un problema de matemáticas dos o tres cursos más avanzados.

—Suena más aburrido que el *Trampage* —señaló.

Verkan negó con la cabeza.

—Es un sistema para encontrar personas afines, amigos de verdad.

—¿Amigos mejores que nosotros? —le interrumpió Flynn—. Lo tienes difícil. Además, por mucho que busques nunca vas a encontrar a nadie tan rarito como tú.

Verkan puso los ojos en blanco. Y yo sonreí. Verlos delante de mí como de costumbre, lanzándose pequeñas pullas cómplices, me hacía sentir que estaba en familia.

Por un momento, Flynn, Oli y Verkan lograron que me olvidara un poco de lo que me había afligido aquellas Navidades. Sabes que estás con verdaderos amigos cuando tus preocupaciones desaparecen con ellos.

—¿Y tú qué has hecho, Oli? —le preguntó Flynn seguramente esperando que respondiera que se había dedicado a jugar al *Trampage*.

HAN SIDO UNAS VACACIONES MUY TRANQUILAS.
COMO VIO QUE LO MANEJABA BIEN, EL DIRECTOR PEARY ME DEJÓ QUE ME LLEVARA SU ROBOT ESTAS VACACIONES.
ME APUNTÉ A UN CONCURSO DE LUCHA DE ROBOTS QUE SE HACÍA CERCA DE CASA.
GANÉ EL TORNEO.

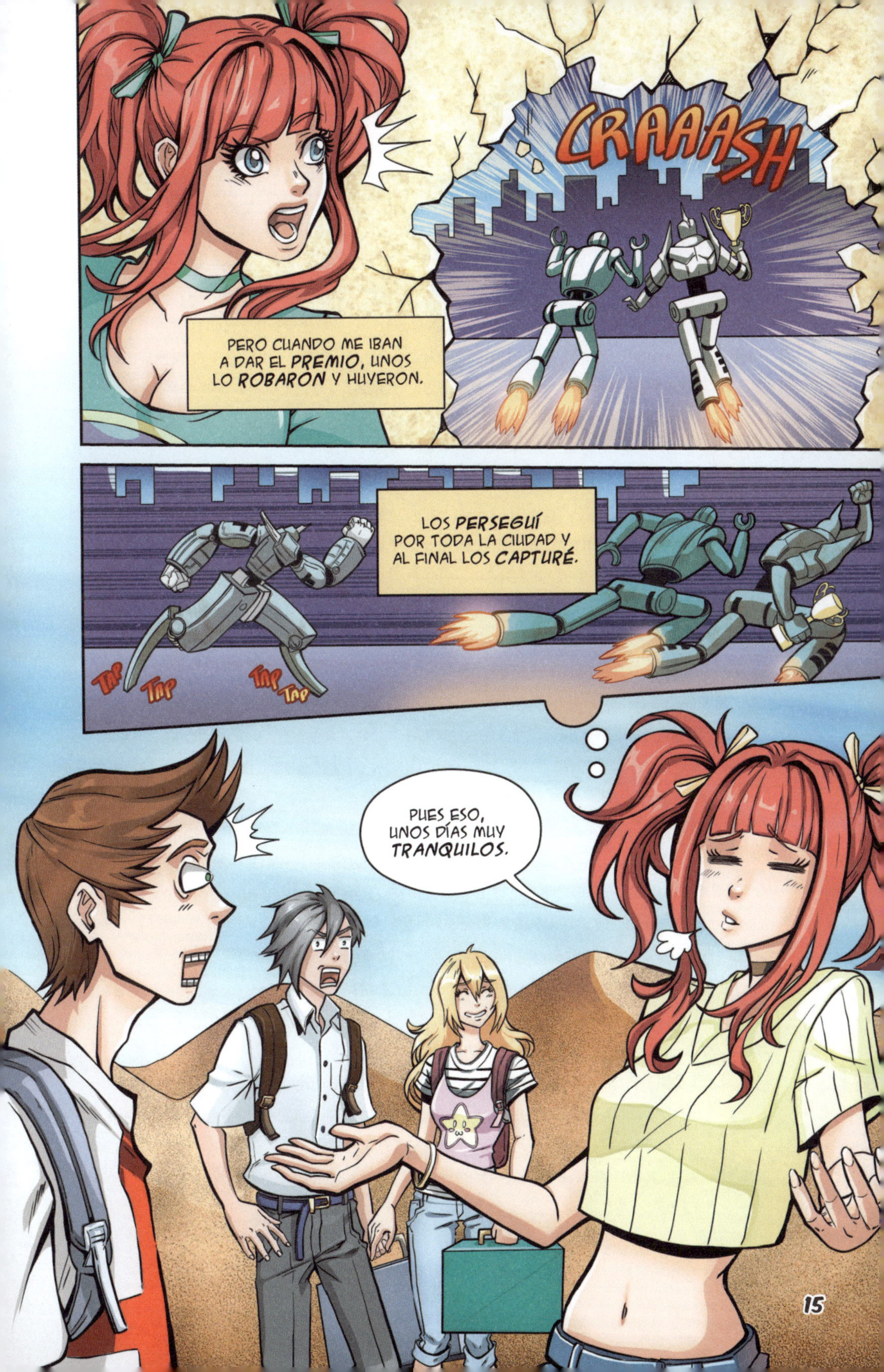
PERO CUANDO ME IBAN A DAR EL **PREMIO**, UNOS LO **ROBARON** Y HUYERON.
CRAAASH
LOS **PERSEGUÍ** POR TODA LA CIUDAD Y AL FINAL LOS **CAPTURÉ**.
TAP TAP TAP TAP
PUES ESO, UNOS DÍAS MUY **TRANQUILOS**.

Después de preguntarle a Oli si había sufrido algún daño con el robot y de que Verkan me echase en cara tanto paternalismo, nos dirigimos al vestíbulo de Gamedonia para mostrarles que toda aquella preocupación por mi parte no era injustificada.

Todo parecía más limpio y ordenado que de costumbre. Durante aquellos días, un ejército de limpiadores habían ordenado las instalaciones como los padres que aprovechan para limpiar la habitación de un adolescente cuando se marcha unos días de colonias.

De hecho, aún deambulaban algunos de los limpiadores por el enorme vestíbulo, porque era viernes y todavía no habían llegado todos los alumnos. Hasta el lunes no empezaban las clases.

Cuando me preguntaron qué había hecho yo aquellas Navidades, ya no pude disimular por más tiempo mi inquietud.

—Tengo que contaros algo muy importante —dije tratando de no parecer demasiado solemne.

Verkan enarcó una ceja irónica.

—¿Qué? También te has pasado todas las vacaciones viciándote al *Trampage* y te has quedado atascado en la penúltima pantalla, ¿verdad?

—Ojalá.

Y tanto mi cara como mi tono de voz tuvieron que ser tan serios que incluso Verkan mostró una repentina preocupación.

—Pero ¿qué ha pasado? —exclamó Oli.

—Pues... será mejor que nos sentemos allí.

Nos dirigimos a una mesa en la zona de espera. Una mesa circular funcional rodeada de sillas. Saqué mi portátil de la mochila y lo abrí como quien abre la caja de Pandora.

Les conté entonces lo de los vídeos que albergaba mi portátil taquiónico. Como recordaréis, aquel primer trimestre en Gamedonia habíamos tenido que participar en una misión secreta para desviar un buen puñado de cometas de la nube de Oort en dirección al Sol a fin de evitar una futura tormenta solar. Sin embargo, en las instalaciones de la NASA me metí donde no debía, y mi portátil, el ordenador donde grababa todos mis vídeos, entró en contacto con el generador de taquiones. Oh, los taquiones, esas misteriosas partículas subatómicas que violan las leyes del espacio y el tiempo.

La cuestión es que, desde aquel incidente, el disco duro de mi portátil no solo albergaba todos los vídeos que había grabado en el pasado, sino también todos los vídeos que iba a grabar en el futuro.

Era como si yo mismo me explicara todo lo que iba a pasarme los próximos años. Era una completa locura.

Ya había explorado de arriba abajo todos los vídeos, enterándome de muchas de las cosas que supuestamente me iban a pasar. El problema es que en los vídeos no lo contaba todo, solo algunas cosas. Además, muchas grabaciones estaban llenas de cortes e interferencias. En otras palabras, podía ver parte de mi futuro, y esa parte, encima, debía deducirla de las pocas pistas que extraía de mis propias palabras. Más de una vez me descubrí a mí mismo, de hecho, gritándole a la pantalla: «Future Rubius, tío, pero ¿qué dices?».

Sí, para no acabar de volverme loco del todo, al Rubius de esos vídeos que todavía no había grabado le llamaba Future Rubius.

—Reconozco que el montaje que has hecho con esos vídeos es muy bueno —admitió Verkan—, porque pareces incluso más mayor. Buen maquillaje. Pero no nos creerás tan tontos para creernos esa bola, ¿verdad?

—Os prometo que es verdad —insistí.

Daba la impresión de que Flynn y Oli eran las más interesadas en los vídeos, pues no dejaban de cargar uno y otro para volver a verlo. Parecía que me estaban creyendo. Algo difícil, porque a veces no me lo creía ni yo mismo.

—Sí que parece el futuro... —musitó Flynn.

—¿Como si fuera una bola de cristal? —volvió a intervenir Verkan—. Que no me lo trago. Además, imaginemos que es todo cierto, que esos vídeos son del futuro. Se supone que vas a grabarlos tú mismo, ¿no? Pues si no los grabases cuando toca, entonces no los podríamos ver ahora, porque no existirían.

—Creo que me va a explotar la cabeza —suspiró Oli.

—A eso se le llama paradoja temporal —titubeó Flynn—, o al menos eso creo. Se supone que Rubius va a grabar esos vídeos, porque si no, no estarían aquí. Y si al final decide no grabarlos, pues no estarán y... vale, a mí también me va a explotar la cabeza. Quizá es que el tiempo es como una masa blandengue, como un estanque al que tiras piedras y se crean ondas concéntricas. Todo va cambiando continuamente.

—Pues entonces estoy un poco menos acojonado —suspiré, con cara de preocupación.

—¿Por qué? —preguntó Oli—. ¿Qué te pasa?

—A ver... cómo os lo explico. En uno de los vídeos digo que... tú has muerto.

—¿Yo? —exclamó Oli, tragando saliva.

—Sí, eso creo. El vídeo está lleno de interferencias y no queda del todo claro.

Verkan frunció el ceño.

—Creo que te estás pasando ya con la bromita del Future Rubius.

—No es una broma —repliqué con tanto aplomo y seriedad que, justo en ese instante, creo que Verkan asumió que tenía un portátil taquiónico delante de él.

—Vale... pues actuemos como científicos. Busquemos los vídeos más próximos en el tiempo y comprobemos si se cumple lo que dices.

—Ese es el problema —dije yo—, que parece que no voy a grabar ningún vídeo hasta dentro de unas semanas. ¿Queréis ver lo que digo?

Los tres me miraron con una ligera sombra de duda en su expresión.

—Para eso estamos aquí, ¿no? —exclamó entonces Oli.

Reproduje el vídeo. Entre ruidos de estática e interferencias escuchamos claramente cómo hablaba de un ataque terrorista a nivel global. De animales volviéndose locos. De que todo el tráfico aéreo se había detenido por cuestiones de seguridad. De que estábamos atrapados. Y de los Realistas, nuestro verdadero enemigo. También parecía que hablaba de una alianza entre Gamedonia y el Directorio XY.

Todo nos miramos unos a otros.

—Invoco a Flynn y sus extraordinarias habilidades como hacker —dije entonces yo fijando la mirada en sus ojos.

—Me temo que has gastado puntos de maná en la invocación en vano, porque nunca había visto nada parecido —tuvo que admitir, y en su voz noté que estaba realmente asustada.

—¿Al menos podrías investigar qué son los Realistas? Llevo varios días buscando por internet pero no hay nada de nada.

Flynn apretó los labios con gravedad, sacó su portátil y empezó a navegar en busca de alguna pista por la Dark Web, el internet oculto para los ojos profanos.

Mientras ella aporreaba el teclado, fui mostrando otros vídeos a los demás. En alguno incluso se divisaba a lo lejos una ciudad destruida. El cielo rojo como la sangre. Meses después, parecía anunciar la muerte de Oli. Transcurridos tres años, se diría que estaba grabando mis vídeos desde una especie de búnker bajo tierra. Tras cinco años, ya no había más vídeos.

—A lo mejor no me muero —dijo Oli—, porque el vídeo se entrecorta. Solo dices «Oli» y «muerta». A lo mejor estás diciendo Oli no está muerta.

—¿Para qué voy a decir eso?

—No sé... es una posibilidad.

—Y ¿lo de que grabo desde un búnker?

—A lo mejor es una guerra —aventuró Verkan, pensativo.

—Puede ser. Una guerra en la que hay animales locos. Y Realistas. Y parece que ellos ganan, porque ya no grabo más vídeos. Y eso significa que...

—Vale, vale —me interrumpió Verkan—, estamos siendo muy apocalípticos. No sabemos por qué estás en un búnker. Tampoco sabemos con seguridad si Oli muere. Y tú... bien, con lo pesado que eres dudo que dejaras de grabar vídeos así porque sí, pero quizá dentro de cinco años se te rompe el portátil. O a lo mejor es que los taquiones no llegan tan lejos.

—Puede ser todo lo que tú dices —le concedí—, o puede que todo sea mucho peor.

—Pues con tanto vídeo podrías haber dicho el número de la lotería que saldrá mañana, o cómo será algún videojuego molón que saldrá en el futuro —intervino Flynn sin dejar de teclear—. Ah, y más malas noticias: o los Realistas no existen o saben borrar muy bien su rastro, porque aquí no hay nada. Voy a necesitar más tiempo.

—No tenemos tiempo —le advertí en tono sombrío.

En efecto, el tiempo apremiaba. El lunes empezaban las clases en Gamedonia. Y por lo visto en pocas semanas se desencadenaría el Apocalipsis.

Además, el hecho de que Flynn no encontrara nada de esos supuestos Realistas todavía me preocupaba más. Porque a Flynn nunca se le resistía nada.

—Propongo una cosa —susurré entonces para evitar que dos alumnos recién llegados y que en ese momento recorrían el vestíbulo nos oyeran—, ha sido un largo viaje hasta aquí, descansemos y mañana buscamos en las bibliotecas de Gamedonia.

¡DE VUELTA A NUESTRA BASE DE OPERACIONES!
ES UNA PENA QUE NO TENGAN HABITACIONES INDIVIDUALES.
LA VERDAD ES QUE NO ESTOY TAN CANSADO, PODRÍAMOS IR UN RATO A VER SI ENCONTRAMOS ALGO.
PRIMERO TENGO QUE COLOCARLO TODO PERO, SI TUS PROFECÍAS Y EL ROLLO ESTE DEL FUTURE RUBIUS ES CIERTO, SERÁ MEJOR QUE AVERIGÜEMOS QUIÉNES SON...
ZZZZZZZ

¿HAS VISTO A ESOS? ¡AÚN NO HAN COMENZADO LAS CLASES Y YA ESTÁN ESTUDIANDO!
¡FLYNN LLEVA DÍAS SIN CONECTARSE AL TRAMPAGE! AYER LES PREGUNTÉ Y ME DIJERON QUE ESTÁN CON UN PROYECTO ESPECIAL. ¡ESTO ES MUY RARO!

OJALÁ EL VÍDEO LO HUBIERA VISTO TODA LA HUMANIDAD Y SE DISCUTIERA EN FOROS, ASÍ SEGURO QUE, ENTRE TODOS, SACABAN MEJORES CONCLUSIONES QUE NOSOTROS.
NO SÉ SI SERÍA BUENA IDEA.
EN LUGAR DE DAR SOLUCIONES, DISCUTIRÍAN POR CUALQUIER CHORRADA.
EN LAS RESPUESTAS DIRÍAN DE TODO MENOS UNA SOLUCIÓN.
RubiusOMG
Esto es muy fuerte, parece que alguien llamado Los Realistas están a punto de liarla muy fuerte. ¿Alguien ha oido hablar de ellos? #amenazarealista
Durkow300
¿Realistas o Realistos? #amenazarealista
MariaFlow
«oído»?!!! s dce Oído!! #amenazarealista
Fer
¿Alguien vio el partido de ayer? #amenazarealista
Internautafurioso
¿líarla? ¿cómo a nivel nacional o internacional? #amenazarealista
Craker23
Que te han hecho esos realistas? siempre igual #amenazarealista
Kaketo
Si queréis buenas ofertas en ordenadores, visitad mi página kaketocomponents.com #amenazarealista
MMM...
AAAAAAH!!
¿QUÉ HA SIDO ESO?

CAPÍTULO 2

Todos corrimos en dirección a aquellos gritos, pero se trataba de una falsa alarma. Tim Peary estaba sentado ante un nuevo videojuego que habían instalado en Gamedonia, el *Trampage*. Provisto de un casco de realidad virtual, Peary se había implicado totalmente en la trama. Al parecer, había perdido una de sus vidas.

—Maldito rascacielos de cien pisos de acero y cristal, ni el Nakatomi Plaza... —rezongó quitándose el casco de RV—. Siempre que intento saltarlo me caigo al vacío. Menos mal que, gracias a las pociones azules, tengo dos vidas extra.

Pudimos ver en la pantalla cómo Peary controlaba a un gato gigante que debía aliarse con un perro gigante y un hámster gigante para destruir una ciudad. Al estilo Godzilla pero con mascotas entrañables.

Lo importante, sin embargo, es que teníamos a Peary delante. No podíamos perder más tiempo.

—¿Tiene un momento, señor Peary? —le pregunté.

—Claro, siempre tengo tiempo para los nuevos alumnos —respondió con una amplia sonrisa.

Flynn carraspeó como subrayando «os lo dije, no tiene ni idea de quiénes somos».

—Señor, yo soy Rubius, y él Verkan y...

—¡Estaba bromeando! Claro que me acuerdo de vosotros. Lo pasamos en grande en la misión de la NASA, ¿eh? Lo que sí que habéis olvidado vosotros es que no me tenéis que llamar señor, solo Peary. ¿En qué os puedo ayudar?

—Es algo... privado —dije yo, tratando de sonreír—, ¿podemos ir a su despacho, señ... Peary?

—Uh-uh —exclamó—, ¡me encantan los secretos!

A pesar de lo disparatada que era nuestra historia, Peary echó un vistazo a todos los vídeos de mi portátil taquiónico y asistió a nuestras explicaciones sobre el futuro de la Tierra con extraña tranquilidad. Como si no fuera la primera vez que le pasara algo así. O como si hubiera fumado demasiada marihuana en su juventud.

—Los Realistas... —murmuró—, suena a banda de música aburridísima. Me suenan un poco. Cuando estudiaba en el Directorio con Burakov creo que ella los mencionó, pero yo estaba jugando a algún arcade y no le presté demasiada atención. Un segundo, le voy a preguntar.

Peary, sin que pudiéramos decir nada más, sacó su teléfono móvil, buscó en su agenda a Burakov y llamó. La conversación fue mucho más rápida de lo que hubiéramos imaginado. Después de un «hola» y un «yo tampoco tengo ganas de hablar contigo», le sugirió que había algo más importante que tenían que tratar. Todo parecía ir bien, hasta que Peary mencionó a los Realistas. Entonces se separó el teléfono móvil de la oreja y nos miró, enfurruñado.

—Esa bruja me acaba de colgar —dijo.

—Ha sido justo cuando has sacado el tema de los Realistas —apunté yo.

—Pues parece gente muy importante —dijo Flynn, que continuaba explorando la Deep Web con su portátil en busca de más pistas.

Peary entrecerró los ojos, pensativo.

—En esos vídeos taquiónicos dice que debemos colaborar con Burakov, ¿no? A lo mejor ella sabe algo, conoce a mucha gente importante, ya sabéis.

—Pero le ha colgado el teléfono —le recordé.

—Bueno, no es la primera vez que me hace algo así —replicó Peary con tono despreocupado—. Desde que lo dejamos lo ha hecho una docena de veces, y sé diferenciar a la perfección cuando no quiere hablar conmigo de cuando sencillamente no puede hacerlo. Es una importante diferencia. Tenemos que ir hasta ella para aclarar las cosas cara a cara.

—Un momento —le interrumpió Verkan, que siempre consideraba que Peary solo decía chifladuras—, ¿cree que es conveniente volver al Directorio XY? Le recordamos que nosotros nos escapamos de allí el año pasado. Digamos que no les debemos de caer muy bien a ninguno de los profesores, y menos a Burakov.

—Y si en un vídeo dice que Oli quizá muere... —secundé yo—, no sé si es buena idea que ella venga también.

—Paz y tranquilidad, chicos —sonrió Peary haciendo el símbolo de la paz de los dedos—. Ahora Burakov es colega, ¿no os disteis cuenta de cómo me hacía ojitos en las instalaciones de la NASA? No pasará nada. Tampoco le pasará nada a Oli, porque esos vídeos hablan del futuro, pero cada día escribimos nuestro futuro. Cada decisión importa. Esos vídeos en realidad solo dicen lo que podría pasar, pero no vamos a dejar que pase, chicos. Además, os prometo que no os vais a perder ninguna clase... y siempre he dicho que el conocimiento no solo se adquiere detrás de los muros del colegio. Hay que ver mundo. ¿Nos vamos?

Todos nos miramos, dubitativos.

—Tenéis que venir conmigo o Burakov se va a pensar que solo voy porque quiero que volvamos juntos —insistió Peary—. Y si hacemos caso a los vídeos del Future Rubius, el mundo se acaba dentro de poco. ¡Adelante! Tengo un supertransporte siempre listo en el hangar. ¡Haced las maletas! Si todo sale bien, puedo hablar con algún profesor para que os cuente esto como una clase práctica made in Gamedonia.

Y Peary se carcajeó de su propia ocurrencia.

—¡Otra aventura, yupi! —exclamó Oli, a pesar de que yo negaba con la cabeza preocupado por que pudiera sufrir algún daño.

—Que Dios nos asista —murmuró Verkan poniendo los ojos en blanco.

¡¿SUPERTRANSPORTE?!
SOIS AFORTUNADOS DE VIAJAR EN UNA MARAVILLA COMO ESTA. LE HE HECHO ALGUNOS ARREGLILLOS Y TIENE DE TODO... ORDENADOR DE A BORDO, SISTEMA ANTIRRADARES.
¡TIENE HASTA MUEBLE BAR!
BAR
YO ESPERABA ALGO MÁS GUAY, ALGO COMO EL HALCÓN MILENARIO.
¿NO ERA MÁS FÁCIL LLAMAR POR TELÉFONO OTRA VEZ A BURAKOV?

CONOZCO A ESA MUJER Y LA FORMA DE COLGARME HA SIDO UNA INVITACIÓN CLARA PARA QUE FUERA A VERLA...
¡Y QUÉ DIABLOS! ME APETECÍA SACAR MI JUGUETITO A DAR UN PASEO.
¿Y TENÍAMOS QUE IR TODOS?
POR SUPUESTO, ¡HASTA EL LUNES NO HAY CLASES!
UPS, CUIDADO, VIENE UNA TURBULENCIA.
ESTUPENDO...

A pesar de que el avión parecía antiguo, Peary le había hecho algunas actualizaciones. Por lo visto, su velocidad de crucero era mucho más elevada de lo habitual en un avión de esas características. Por ello, después de comer algo y dormir una siesta, un descanso que Flynn agradeció enormemente, ya nos encontrábamos bastante cerca de Europa. A aquella velocidad no tardaríamos en llegar al Directorio XY... eso si el aparato no se hacía pedazos antes.

Todavía estaba asimilando la idea de que nos estábamos dirigiendo al Directorio XY. Que allí estarían Robin y Yumi. Que incluso estaría Ogro, encerrado en el cuarto secreto que quedaba detrás del armario de exdormitorio. Todos los profesores. Burakov.

Apenas hacía un año que habíamos escapado de allí y ahora regresábamos porque mi yo del futuro sugería que el mundo iba a acabarse.

Era tan loco que quizá por eso nadie se estaba planteando lo loco que era.

Lo que más me preocupaba, sin embargo, era Oli. En mis vídeos se sugería que podría morir, pero allí estaba con nosotros. Ella parecía totalmente despreocupada, mirando por la ventanilla, siempre dispuesta a vivir aventuras. Flynn, por su parte, continuaba buceando en la Deep Web, buscando retazos de información desperdigada de los Realistas.

Y Verkan... bien, Verkan estaba haciendo de Verkan. O sea, escribiendo código como un energúmeno para concebir otro proyecto que le otorgara la fama que creía que se merecía.

Cuando se dio cuenta de que le miraba fijamente, me habló sin levantar la vista de la pantalla. Y sin dejar de teclear.

—Si no apartas la vista de mí, me vas a desconcentrar —murmuró—. Anda, haz algo útil y ponte mi WatchFriend. Cuando veas cómo funciona, no volveréis a dudar de mi maestría con el código.

Tomé uno de los dispositivos WatchFriend y lo contemplé al trasluz.

—¿Se supone que con esto puedes encontrar a personas afines?

Verkan asintió, tecleando sin parar.

—Naturalmente. Solo tienes que pegártelo en el antebrazo y empezará a estudiar todos los datos biológicos de tu cuerpo, reacciones, sudoración, patrones y un largo etcétera que no voy a contarte para que no me robes la idea. Si detecta otro WatchFriend cerca, coteja los datos con él y determina si hay *check* o no, es decir, si hay compatibilidad. El *check* positivo se refleja con una ligera iluminación verde; el negativo, con una roja. Es tan fácil que hasta tú puedes entenderlo.

—Ja-ja —me carcajeé en plan irónico—. Muy gracioso

A nivel tecnológico, sí que tuve que reconocer que el WatchFriend me dejó alucinado. Era como una de esas calcomanías que te regalan con los pastelitos o las bolsas de gusanitos que al final acabas poniéndote en la mano. Con la diferencia de que esta calcomanía no se borraba a los pocos lavados, sino que permanecía indeleble durante meses. En realidad, llamarlo calcomanía era un poco injusto. Su nombre técnico era tatuaje electrónico o, como decían sus siglas en inglés: Polymer Electronic Label. Como los tatuajes de los marineros, se ponía en el antebrazo. Pero no era el dibujo de un ancla, sino una serie de barras y números que reflejaban en tiempo real posibles concordancias con otras personas que también llevaran un WatchFriend.

Sí, el tatuaje cambiaba por sí solo, se metamorfoseaba, porque en realidad no era exactamente un tatuaje, sino un... espera, cómo era... tinta electroforéctica implantada bajo la piel. Creo que recibe la información por wifi y se actualiza constantemente. Mola, ¿verdad?

Gracias al WatchFriend se acabaron las conversaciones del tipo «oye, ¿qué te gusta hacer en tu tiempo libre?» o «buf, no sé si quiero seguir siendo amigo de esa persona»: solo tenías que mirarte el antebrazo y allí estaba todo. No podías ocultar nada a nadie sobre tus preferencias y sentimientos. Ni siquiera a ti mismo.

—Yo también quiero ponérmelo —exclamó Oli tomando otro de aquellos tatuajes y pegándoselo en el antebrazo.

—Esa es la idea —murmuró Verkan sin dejar de teclear—, vosotros vais a ser los betatesters, los conejillos de Indias. Yo ya lo llevo puesto. Si me sale *check* negativo, luz roja, será evidente que mi invento funciona, porque yo no pego con vosotros ni con cola.

Flynn también se pegó el WatchFriend en el antebrazo con ademán enfadado.

—Pues como me salga rojo a mí, dejamos lo nuestro pero ya.

Verkan se olvidó de teclear por primera vez.

—Bueno, yo... todavía es un dispositivo en pruebas.

—Ya, ya. Pues reza para que salga en verde.

Oli miraba fijamente su tatuaje.

—Pues aquí no pasa nada.

—Tardará un rato —aclaró Verkan—, durante unas horas calibrará los patrones biológicos y luego ya empezará a cotejar datos con otros dispositivos que encuentre a su alrededor.

—¿No es más fácil decidir tú mismo si alguien te cae bien o no? —concluí yo acariciando el tatuaje con la yema del dedo—. Podrías crear un dispositivo para algo más divertido, como cazar monstruos virtuales por la calle o algo así.

—¿Monstruos virtuales? Menudo chorrada... El WatchFriend será el dispositivo más vendido del mundo. Y ¿sabes por qué? Porque a veces la gente no tiene claro lo que quiere —matizó Verkan—, y otras veces puedes tener cerca de ti a la persona que más sintoniza contigo pero nunca has tenido la oportunidad de hablar con...

Verkan no pudo terminar su frase porque el avión empezó a vibrar. Justo después, saltamos todos en el asiento. Más que un avión, parecía que nos habíamos subido a una montaña rusa.

«Chicos, abrochaos los cinturones —sonó la voz de Peary a través de los altavoces—, estamos entrando en una tormenta».

Las turbulencias eran cada vez más intensas. Todo crujía y chasqueaba, como si el avión fuera a descomponerse en cualquier momento. Miré por la ventana y divisé rayos zigzagueando en la distancia, iluminando nubes oscuras de aspecto ominoso. Lluvia que parecía metralla se estrellaba contra los ventanucos.

Por un segundo, me imaginé que un monstruo tipo Gremlin estaba subido en el ala del avión y trataba de romper los motores con sus garras para que nos estrelláramos.

Y justo entonces, un rayo cruzó el cielo e impactó en uno de los motores. Se produjo una explosión de chispas y el motor se incendió. El avión se ladeó peligrosamente.

Todos gritamos.

Y la voz de Peary trató de calmarnos:

«No os preocupéis, esta preciosidad es un cuatrimotor y solo hemos perdido uno de los motores. ¡Llegaremos!».

—Creo que ya empiezo a arrepentirme de no haberme quedado en Gamedonia —masculló Verkan, mientras cerraba su portátil y lo guardaba en la mochila.

Oli daba saltitos al ritmo de las turbulencias, como si de verdad estuviera subida a una montaña rusa.

—¡Yuhuu!

Flynn, a pesar del peligro que estábamos sufriendo, continuaba con una mueca de enfado: no le había gustado nada que Verkan manifestara que se fiaba poco de lo que le decía su corazón y prefiriera confiar en una calcomanía.

«Agarraos fuerte, chicos, estamos a punto de entrar en un agujero que nos llevará al siglo XIX».

Todos nos miramos alarmados.

—¿Qué significa eso? —exclamó Flynn, ahora asustada.

Le dije a Oli que se abrochara más fuerte el cinturón, y todos nos agarramos al asiento que quedaba delante de nosotros. El avión empezaba a caer en picado.

CAPÍTULO 3

NUNCA HE ATERRIZADO EN UN ESPACIO TAN PEQUEÑO, PERO NO OS PREOCUPÉIS.
¿¿¿¡QUÉ!???
YA OS LO HE DICHO.
SHEEERKK
¡QUIERO SALIR DE AQUÍ!

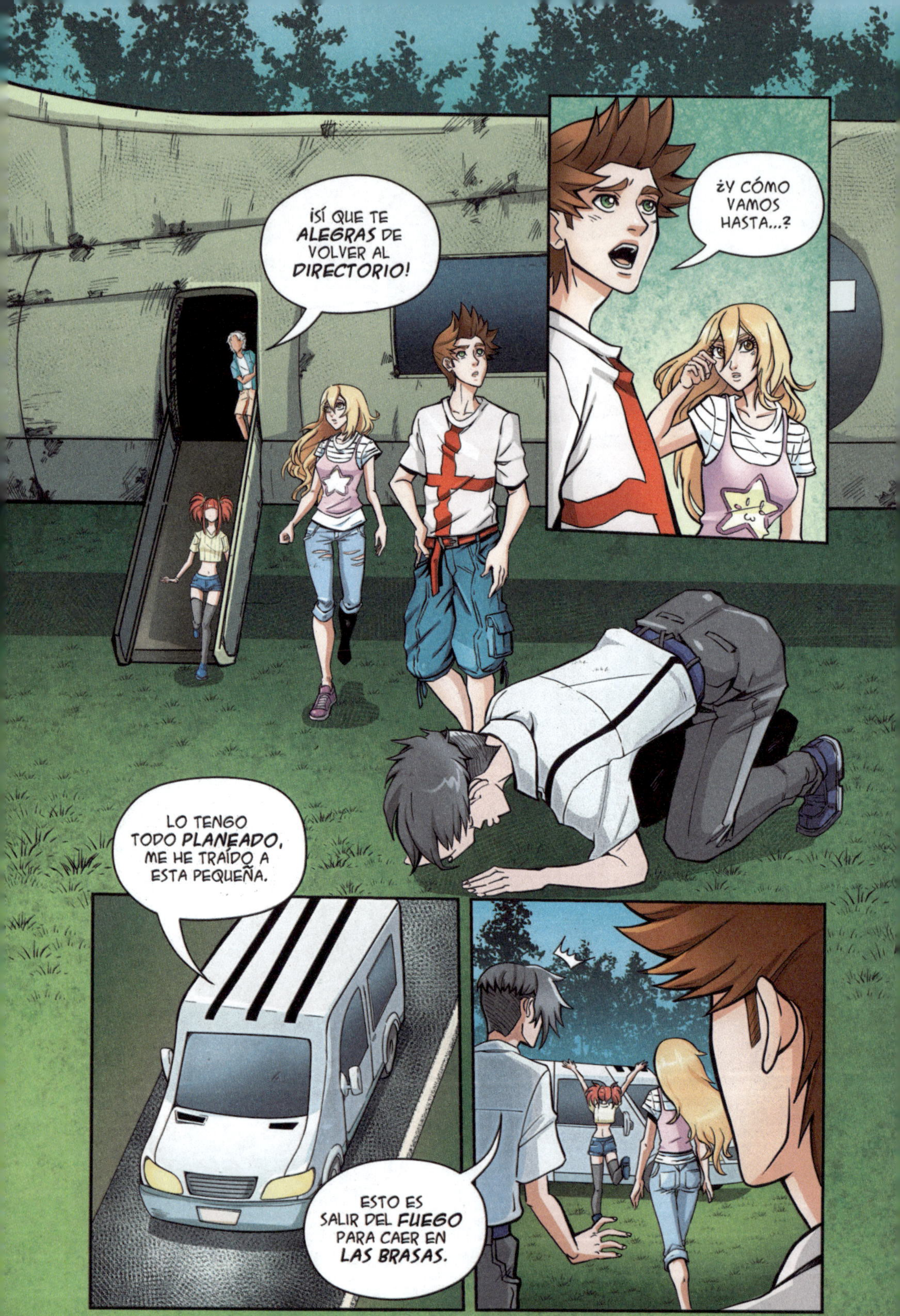
¡SÍ QUE TE ALEGRAS DE VOLVER AL DIRECTORIO!
¿Y CÓMO VAMOS HASTA...?
LO TENGO TODO PLANEADO, ME HE TRAÍDO A ESTA PEQUEÑA.
ESTO ES SALIR DEL FUEGO PARA CAER EN LAS BRASAS.

¡DE VUELTA AL CASTILLO DE GREYSKULL!
OH, SOIS MUY JÓVENES, IGUAL NO CONOCÉIS LA SERIE.

A menudo, desde que había descubierto mis vídeos taquiónicos, me preguntaba cómo sería viajar en el tiempo. Desde que aterrizamos junto al edificio del Directorio XY me sentía como un viajero en el tiempo. Como si me hubiera trasladado al año pasado, cuando llegué hasta allí a bordo de un tren que podía transformarse en submarino o en avión supersónico.

—Eso es como un *déjà vu* —dijo Oli.

—¿Cómo? —pregunté yo.

—La sensación esa de que lo que estás viviendo ya lo has vivido.

—A ver —intervino Verkan—, solo hace un año que estuvimos aquí. En parte ya hemos vivido esto, así que no es exactamente un *déjà vu.*

—Ñi-ñi-ñi-ñi —le interrumpió Flynn imitando su tono de voz de sabelotodo, y Verkan refunfuñó.

El portero, aquel hombre de dimensiones de armario ropero que siempre me recordaba a Arnold Schwarzenegger, nos dio el alto levantando una mano.

—Soy Tim Peary, CEO de Gamedonia —anunció Peary en tono despreocupado—, tenemos una reunión con la rectora Burakov.

El portero frunció el ceño.

—No me consta que...

—Claro que no te consta, montón de músculos, pero esa bruja nos va a recibir lo quiera o no. ¡Burakov! ¡Abre! ¡Abre esta maldita puerta al siglo XIX!

La inquietud se adueñó de todos nosotros. Los gritos de Peary estaban alertando al portero, y algunos alumnos ya nos miraban desde el otro lado de la valla, llenos de curiosidad. Parecía que el Directorio XY ya no ocultaba su existencia tras un campo de distorsión visual. Alguno de los alumnos incluso me reconoció como Rubius, el mayor impresor del Taller 3D. No podía estar completamente seguro, pero detrás de unos árboles, creí distinguir las figuras de Robin y Yumi, que nos contemplaban entre sorprendidos y aterrados. Seguro que se estarían preguntando qué hacían allí de nuevo los cuatro alumnos que se habían escapado de aquellas instalaciones.

—Señor —dijo el portero poniéndole una mano enorme en el pecho a Peary—, debo rogarle que abandone el perímetro, esta es una escuela de prestigio.

—¿Ahora es una escuela? —replicó Flynn—, el año que nos escapamos de aquí supongo que para ti solo era una garita con cajas de mercancías.

El rostro de Arnold evidenciaba que aquel comentario le había desconcertado. ¿Qué clase de trato habrían hecho con él para ascenderle de simple vigilante de cajas a portero de una escuela antigamers? ¿Le habían ascendido? Y ya puestos a preguntar: ¿dónde estaría Jacinto? Desde que las baterías de los nanorrobots se habían agotado, le había perdido la pista. ¿Habría regresado a aquel trabajo aburrido de transportar cajas de mercancías hasta allí?

—¡Quítame las manos de encima! ¡Burakov! —volvió a gritar Peary—. ¡Dile a tu gorila que nos deje pasar ahora mismo!

Los agujeros de la nariz del portero se dilataron, evidenciando que se le estaba agotando la paciencia.

Afortunadamente, otra voz evitó que la situación se tensara más de lo debido. Era una voz distorsionada por la estática. Procedía de un interfono de la garita de Arnold.

—Tim Peary —dijo aquella voz que entonces identificamos todos como la rectora Burakov—, no puedo creer que hayas venido hasta aquí. Te exijo que te marches inmediatamente o llamaré a las autoridades. No quiero volver a verte cerca de mi escuela. Tú y los tuyos no sois bienvenidos. ¡Volved a ese cacharro en el que habéis venido!

—Qué modales —murmuré yo mirando a Flynn y Oli. Me sorprendía que Burakov nos tuviera tanta inquina después de haber colaborado estrechamente en la misión de la NASA.

Peary se sintió herido en su orgullo.

—¿Cómo te atreves a...?

Pero el portero le congeló la voz apretando con su manaza en su hombro, como si fueran unas grandes tenazas hechas de carne, y le empujó lenta pero inexorablemente unos pasos hacia atrás.

—Ya han oído a la señora Burakov.

Peary plegó los labios en una fina línea de desaprobación, y dio media vuelta.

—Vámonos —dijo a regañadientes.

Subimos a la furgoneta y desanduvimos el camino que nos había llevado hasta allí. No sin antes, como ya era tradición, girarme hacia Arnold y advertirle con voz ronca:

—Volveré.

Mientras regresamos al avión, Peary no dejaba de rezongar. No entendíamos muy bien sus palabras, pero básicamente venía a expresar que no toleraba la arrogante actitud de Burakov, que era una bruja, que estaba harto de que le tratara de esa manera, que si se creía superior solo por ser rectora de un colegio pasado de moda, que si no sabía divertirse, que si no la necesitábamos para nada, que nosotros solos íbamos a solucionar aquella futura crisis mundial...

Y entonces, justo cuando accedimos a la explanada donde habíamos aterrizado, oímos unos chirridos metálicos entre la maleza.

—¿Qué es ese ruido? —exclamó Verkan.

—Ha sonado igual que un Transformer cuando pasa de ser un coche a un robot.

Un fragmento circular de hierba se abrió y dejó al descubierto una especie de escotilla, semejante a la de los submarinos, que estaba oculta entre la maleza. Una luz tenue salía de ella. Y una voz inconfundible emergió de su interior, llena de ecos, como si procediera de un lugar muy profundo.

—¡Rápido! ¡Entrad!

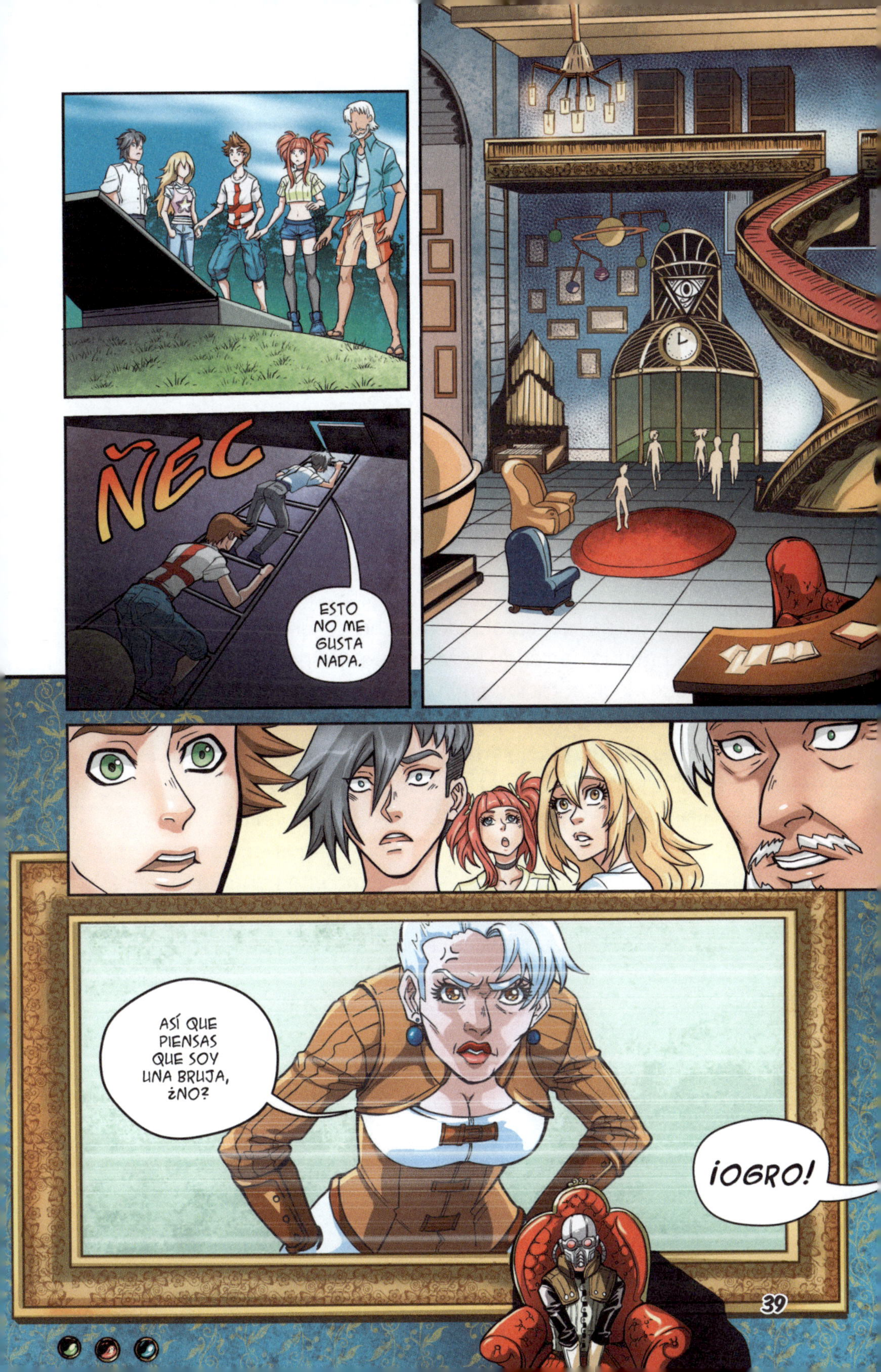
ÑEC
ESTO NO ME GUSTA NADA.
ASÍ QUE PIENSAS QUE SOY UNA BRUJA, ¿NO?
¡OGRO!

—¡Ogro! —exclamé alarmado—. ¿Qué haces aquí?

Por un momento pensé que Robin había revelado el paradero secreto de Ogro, que nos había traicionado. Sin embargo, Burakov no tardó en aclararme cuán equivocado estaba.

—Señor Doblas, bienvenido de nuevo al Directorio XY —dijo la imagen de Burakov que aparecía en una enorme pantalla mural—. No tema por Ogro, está a salvo. Lo encontramos por casualidad mientras estábamos realizando unas reparaciones.

Me aproximé a Ogro y él movió la cabeza en forma de saludo. Tras su máscara no podía saber qué cara ponía, pero notaba que estaba sonriendo.

—Ess-toy bien —dijo entonces—. La señora Bu-Burakov ha cuidado de mí.

Levanté la vista hacia la pantalla, buscando una respuesta.

—Las cosas han cambiado mucho desde que se fueron ustedes —continuó hablando Burakov—, si me permiten el eufemismo. Nuestra colaboración en la NASA también ha tenido mucho que ver. Ahora el Directorio está siguiendo una política menos estricta, más de puertas abiertas...

—Más como Gamedonia —la interrumpió Peary.

—No, tanto, querido. Pero parece que hay gente que cree que nos estamos ablandando demasiado. Algunos accionistas nos han retirado su apoyo. Otros... bien, están intentando que regresemos al pasado. Por esa razón he ocultado a Ogro aquí. No hubiera podido evitarle un castigo severo. Bienvenidos a mi habitación del pánico. Mi refugio en caso de emergencia. Esta guarida está conectada por aquel pasillo con el Directorio, pero nadie más conoce su existencia.

—Espera, espera, espera... —la interrumpió de nuevo Peary—, ¿me está diciendo la gélida Burakov que ahora está actuando de espaldas al propio Directorio?

Burakov aproximó un poco más el rostro hacia la cámara, así que se agigantó. Sus ojos ahora parecían llegar a todos lados. Me sentía escrutado por aquella versión enorme de la rectora.

—Algo así, pero deja de sonreír como un idiota. No actúo por mi cuenta porque tú tengas razón y debamos parecernos más a Gamedonia. El Directorio XY nunca será Gamedonia, te lo puedo garantizar. Pero tampoco quiero que se convierta en una cárcel. Además, hay una amenaza que nos concierne a los dos.

—¿Una amenaza? —pregunté yo—. ¿Los Realistas?

Burakov se cruzó de brazos, al tiempo que abría ligeramente los ojos por la sorpresa.

—Siempre tan perspicaz, señor Doblas. No puedo confiar en los accionistas, ni tampoco en los otros profesores. Pueden existir informadores de los Realistas, infiltrados. Es muy peligroso. Con esta misma conversación con vosotros ya estoy corriendo un enorme riesgo.

—Pero ¿quiénes son los Realistas? —preguntó Flynn, claramente frustrada por no haber encontrado ningún rastro de ellos en la Deep Web.

—Me temo que no tengo esa información, pero sí conozco sus orígenes. Antes de la existencia de Gamedonia, incluso antes de la existencia del Directorio, estaban los Realistas. Un grupo radical que quería reiniciar el mundo. No solo hacer desaparecer la civilización, sino asegurarse de que nunca más prosperaría tal y como la conocemos ahora. Eliminar tanto la energía electrónica como la energía del vapor que usamos en el Directorio. Para ellos únicamente tenía sentido la energía de la propia vida. La naturaleza. Gaia, la Madre Tierra, la Pachamama.

—Para que yo lo entienda —intervino Peary—, si nosotros somos la electrónica, y vosotros el steampunk, ¿ellos serían...?

—El biopunk. Sus postulados eran tan radicales que los Realistas se disgregaron hace mucho tiempo. Los más moderados fundaron el Directorio.

—Y los más moderados del Directorio, o sea, yo, fundamos Gamedonia.

—Es como una de esas muñecas rusas en las que dentro de una hay otra más pequeña, y otra más pequeña —silbó Verkan.

—No lo hubiera expresado mejor, señor Verkan —le concedió Burakov—. Si Gamedonia es la muñeca más exterior, y el Directorio la muñeca que hay dentro... los Realistas son la muñeca más pequeña y esquiva, la que está en el núcleo central. Tan pequeña y esquiva que he decidido que Ogro trabaje para mí. Hicimos un trato en cuanto descubrí lo solvente que es con su ordenador. Solo hace unos días que estamos trabajando extraoficialmente en una información que me llegó de un miembro del accionariado, acerca de un ataque por parte de los Realistas. Por eso me asustó tanto cuando me llamaste, querido, y los mencionaste de forma tan directa... mis comunicaciones pueden estar intervenidas. Te colgué por esa razón. Bueno, por esa razón y porque sabes que aún te odio. Pero sabía que interpretarías mi desplante como un desafío. Ogro ha estado monitorizando vuestra llegada. Ese antirradar con el que equipaste a tu avión es ciertamente muy rudimentario.

—¿Ya sabían que veníamos? —exclamé, y lancé una mirada de sorpresa hacia Ogro. Tantos años encerrado en aquella habitación secreta trasteando con ordenadores y consolas le habían convertido en un *hacker* incluso más habilidoso que Flynn.

—No me subestime, señor Doblas. Ogro también creó un acceso remoto al disco duro de su portátil taquiónico. Hemos visto los vídeos del que usted llama Future Rubius. Hemos hecho averiguaciones en la Deep Web. Apenas tenemos unos días antes de que todo sea completamente irreversible y que ocurra lo que pronostican esos vídeos. Así que llevamos horas preparando un plan para todos ustedes. Sí, no se asombren tanto y cierren las bocas. Van ustedes a convertirse en agentes de campo. Ya está casi todo listo.

***

Todos estábamos tan alucinados con aquel giro de los acontecimientos que apenas opusimos resistencia a lo que nos iba comunicando Burakov.

Aquella mujer que nos hablaba desde su despacho parecía una araña en el centro de su tela. Pero aquí la tela era un puñado de sistemas electrónicos hábilmente manejados por Ogro. No solo estaban al corriente de todo, sino que nos habían adelantado por la izquierda y ahora lideraban ellos aquella misión. Sí, una misión. Con todas las letras.

Mientras Burakov hablaba, su rostro aparecía en la pantalla mural central y el resto de pantallas iban reflejando los datos que señalaba, ya fueran rostros de personas, mapas por satélite u otros apoyos visuales.

Yo ya había recreado en mi imaginación el momento en que nos entrevistáramos con Burakov. Me había figurado que ella se mostraría escéptica sobre nuestras averiguaciones, y mucho más si le decíamos que había unos vídeos míos grabados en el futuro, almacenados en el disco duro de mi ordenador portátil. Me imaginaba a Burakov dudando de que mi portátil fuera una especie de máquina del tiempo, y cómo Peary le replicaría que no tenía ningún sentido haber grabado esos vídeos para presentarse hasta ella. ¿Para qué íbamos a hacer aquel montaje?

Sin embargo, Burakov ya estaba al tanto de todo. Había examinado con detenimiento cada fotograma de mis vídeos, tratando de sacar inferencias de todo tipo. Y precisamente por ello, Burakov se había convertido en alguien que ya no se fiaba de nadie, ni de sus amigos ni de sus enemigos. Solo podía fiarse de alguien con quien había compartido una vida sentimental, aunque ahora le odiara: Peary. Y, por supuesto, de un exalumno que se había pasado varios años escondido en el Directorio: Ogro. A aquel grupo extraño de gente de su confianza, naturalmente, también podía añadir a Flynn, Oli, Verkan y yo, porque éramos los únicos alumnos que nos habíamos escapado del Directorio, y de paso quienes habían participado en la misión de la NASA.

Porque, según Burakov, los Realistas también habrían podido estar detrás de aquella misión. Agazapados. Esperando su momento para actuar. Justo en ese instante en que, como recordaréis, perdí el control de uno de los cometas más tochos y casi se estrella contra la Tierra. Los Realistas, como más tarde descubriría, tenían predilección por los cometas de la nube de Oort.

—Los Realistas han vuelto. Están más activos que nunca. Están organizados y están decididos —iba narrando Burakov mientras ponía fotos de accionistas que podrían haberlos respaldado financieramente—. La oscuridad del pasado se cierne de nuevo sobre el futuro. Están dispuestos a ir más lejos que nunca. Aquel cometa desviado hacia la Tierra quedaría en una pequeña anécdota si lo comparamos con lo que Ogro parece haber descubierto.

En una de las pantallas surgió una imagen de unos laboratorios clandestinos, y unas secuencias de cadenas químicas.

—¿Qué es eso? —pregunté ladeando la cabeza para enfilar la imagen desde otra perspectiva.

—Eso, señor Doblas, es una toxina. Todavía no conocemos mucho sobre su naturaleza y objetivos, porque los datos están incompletos. Solo hay un nombre clave para la operación. Muñeco Diabólico.

—¿Muñeco Diabólico? —repitió Peary—. ¿Es una broma?

—Ojalá fuera una broma, querido —repuso Burakov.

—Oh, con lo bonitos que son los muñecos —intervino Oli—, no me puedo imaginar a uno diabólico.

—Vale —zanjó Peary—, todo esto parece muy serio, pero ¿no crees que es una locura que nos ocupemos nosotros?

Burakov saltó de pronto de la silla, como impulsada por un resorte. Había escuchado un ruido en el pasillo que daba a su despacho y corrió hacia la puerta. Tras comprobar que era una falsa alarma, volvió a ponerse delante de la cámara, con la respiración agitada.

—Querido, no solo me parece una locura, sino una completa locura. Algo más digno de ti que de mí. Sin embargo, no tengo más recursos. Si nuestras averiguaciones están en lo cierto, en apenas unas semanas vamos a ser testigos de un desastre de proporciones inimaginables. ¿Te recuerdo lo que dice el señor Doblas en sus vídeos del futuro?

—No me puedo creer que la racional Burakov nos esté proponiendo algo así. Yo solo soy el CEO de una escuela de videojuegos, y ellos solo son alumnos.

Burakov sonrió.

—Eres Tim Peary, uno de los mejores estudiantes del Directorio. Y ellos no solo lograron escapar del Directorio delante de mis narices, sino que anularon nuestro plan de control de internet. Nosotros solo queríamos limpiar la Red y evitar que el cerebro de la gente se atrofiara con tanta basura y tan poca disciplina. Pero tenías razón. A veces hay que saber jugar y permitir que la información, incluso la información basura, viaje libre. Solo así ha sido posible que Ogro se haya vuelto mi mejor activo ahora mismo. Y ahora yo, rectora de esta institución, estoy intentando rebelarme contra los padres fundadores de la misma. Sí, no somos lo que se dice el mejor equipo del mundo, pero les garantizo que van a quedarse gratamente sorprendidos con todo lo que hemos preparado para el operativo. Por favor, sigan ese pasillo hasta el final.

Había sido un discurso épico, también una manera muy elegante de disculparse. Supongo que a todos se nos pusieron los pelos como escarpias, porque es lo que a mí me pasó.

Entonces, un pasillo sumido en las tinieblas se iluminó con una serie de candiles que se encendieron automáticamente.

—Po-podemos confiar en ella —dijo entonces Ogro. Y creo que a todos nos sorprendió más que Burakov hubiera logrado ganarse la confianza de Ogro que el hecho de que nos hubiese propuesto protagonizar una misión secreta.

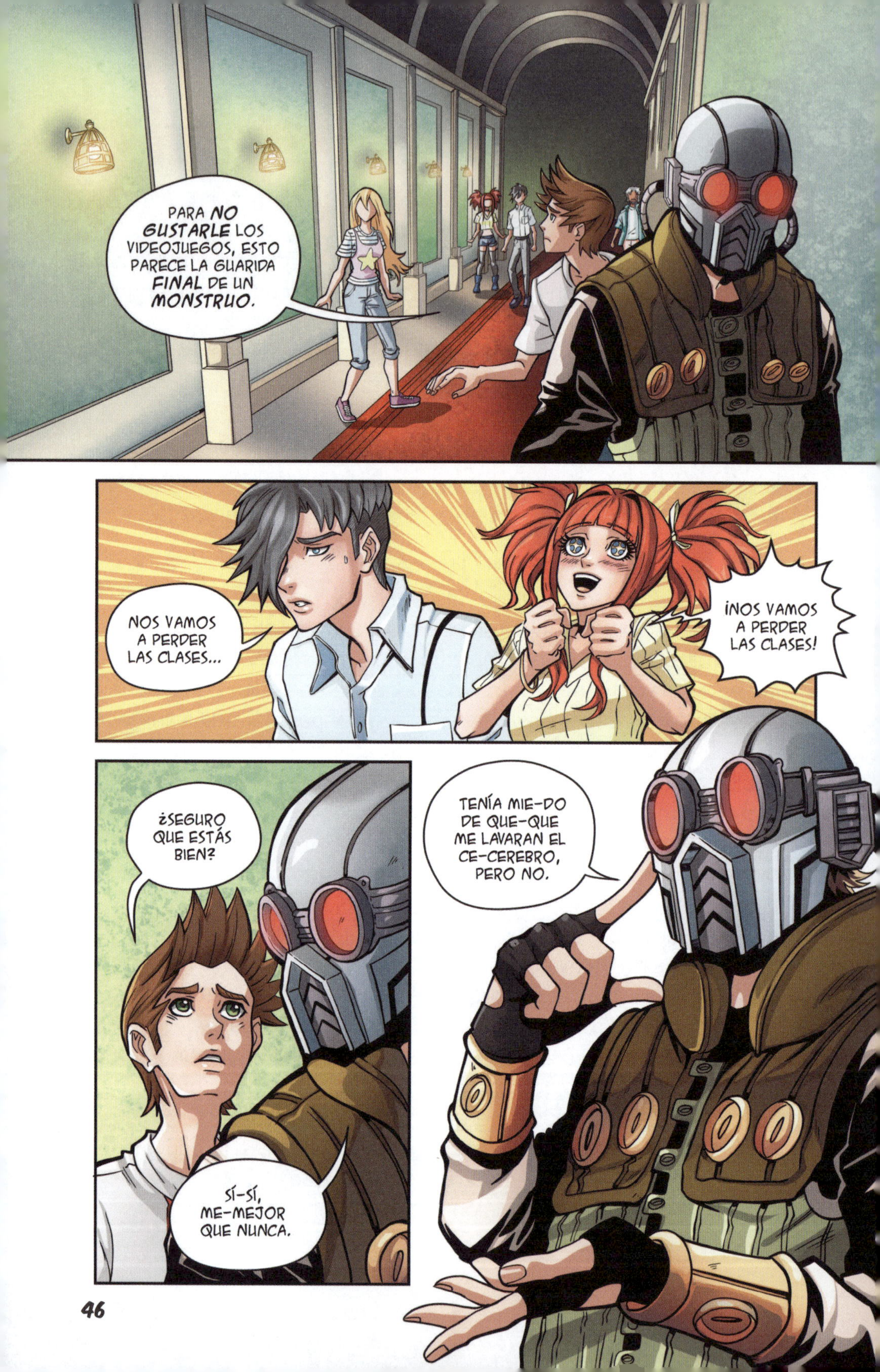
PARA NO GUSTARLE LOS VIDEOJUEGOS, ESTO PARECE LA GUARIDA FINAL DE UN MONSTRUO.
NOS VAMOS A PERDER LAS CLASES...
¡NOS VAMOS A PERDER LAS CLASES!
¿SEGURO QUE ESTÁS BIEN?
TENÍA MIE-DO DE QUE-QUE ME LAVARAN EL CE-CEREBRO, PERO NO.
SÍ-SÍ, ME-MEJOR QUE NUNCA.

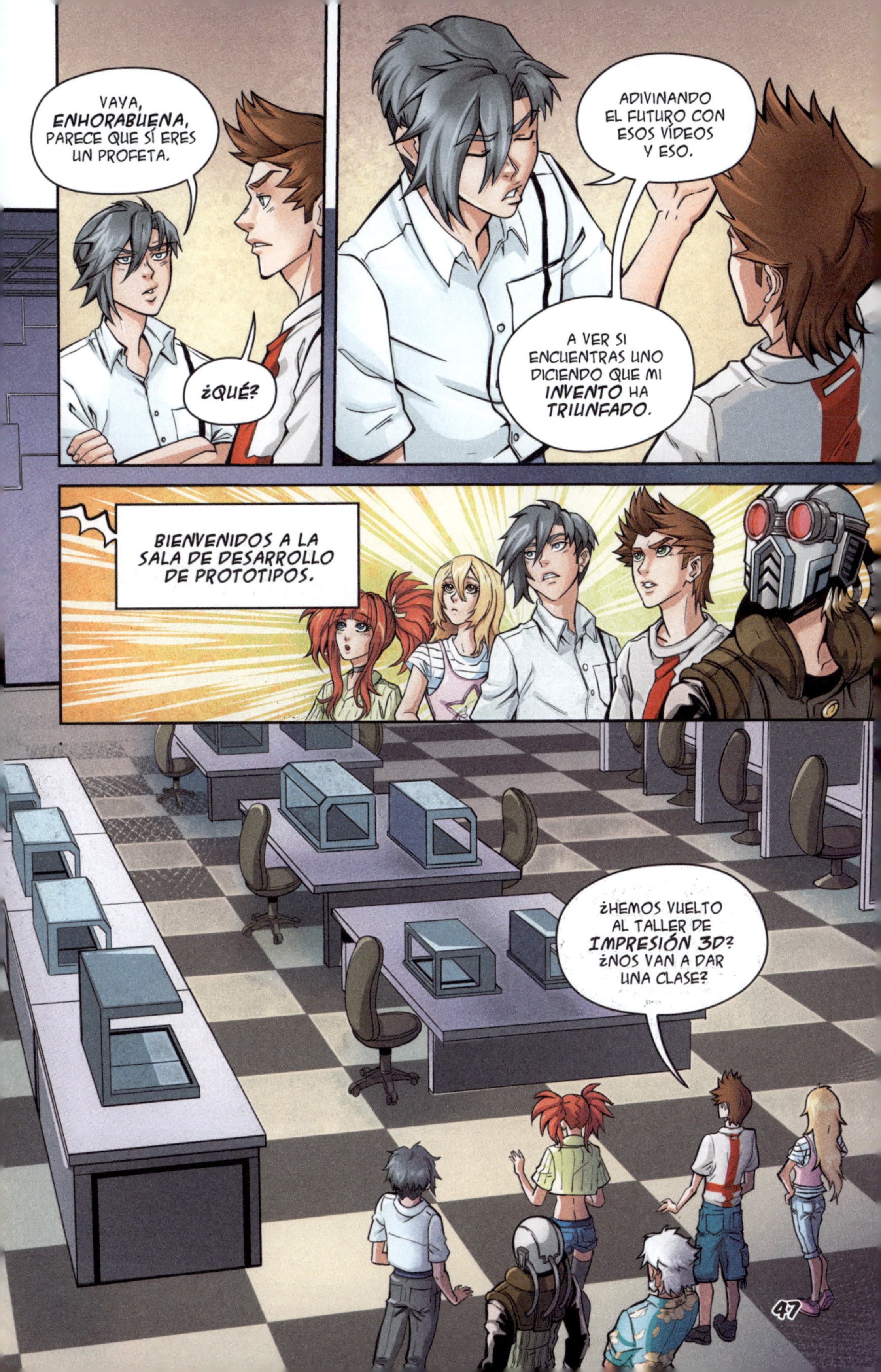
VAYA, ENHORABUENA, PARECE QUE SÍ ERES UN PROFETA.
¿QUÉ?
ADIVINANDO EL FUTURO CON ESOS VÍDEOS Y ESO.
A VER SI ENCUENTRAS UNO DICIENDO QUE MI INVENTO HA TRIUNFADO.
BIENVENIDOS A LA SALA DE DESARROLLO DE PROTOTIPOS.
¿HEMOS VUELTO AL TALLER DE IMPRESIÓN 3D? ¿NOS VAN A DAR UNA CLASE?

CAPÍTULO 4

—Yo pensaba que esto iba a ser como en *Misión imposible* —dije—, pero veo que otra vez nos vamos a disfrazar con uniformes del siglo XIX.

—Al menos iremos mucho más elegantes que antes —me replicó Verkan.

—A ver, en vez de hablar tanto de ropa —nos interrumpió Flynn—, nos deberíamos estar preguntando cómo es posible que Burakov, que debe de tener contactos en el Mosad, el MI6 y otras agencias de inteligencia, haya decidido que seamos nosotros los que investiguemos a los Realistas.

—Es una aventura, nunca hay que decir que no a una aventura —exclamó Oli.

—Yo creo que Burakov quiere volver conmigo —iba murmurando Peary—, y no sabe cómo decírmelo, por eso ha montado toda esta movida.

—Aquí cada loco con su tema —tuve que admitir al fin dirigiéndome a Ogro—. ¿De verdad que tú estás bien?

—Sí-í. Me descubrieron porque yo cometí un error, na-nada más. Creo que nos podemos fiar de Bura-kov.

Asentí, aunque no estaba convencido plenamente. Aquello era demasiado raro. Claro que, si me ponía a pensar en todo lo que nos había pasado aquel último año, ya iba siendo hora de que empezase a acostumbrarme un poco a las rarezas.

Aquella sala secreta bajo tierra, justo debajo del Directorio XY, no era muy grande, pero sí que estaba muy bien equipada. Me recordaba mucho a la clase de Taller 3D, llena de prototipos impresos, cortadoras láser y otros artefactos que no reconocía. Sin embargo, aquí no había nadie, ni profesores ni alumnos. El equipo de operaciones que nos iban a adjudicar, de hecho, lo había desarrollado un equipo de técnicos que ignoraban la naturaleza de nuestra misión. Nadie en el Directorio XY sabía que estábamos allí, a excepción de los pocos alumnos que se habían alarmado cuando Peary se había puesto a gritar en la puerta principal... Aun así, había quedado también acreditado que habíamos vuelto por donde habíamos venido.

—Aún recuerdo la paliza que os di en esta clase con mis impresiones 3D de la marca Rubius —dije con cierta altanería.

—Sí, claro —protestó Verkan—, imprimiendo cosas que no servían para nada.

—Pues se vendían más que tus prototipos.

—Eso no significa nada.

—No me digas que mi ukelele amarillo no era fabuloso.

—Uf, no me recuerdes ese instrumento musical del infierno —intervino Flynn riéndose—, me tenía que poner música a todo volumen para no oírlo.

Y entonces, las puertas de un ascensor se abrieron. Burakov estaba en él, mirándonos muy seria. Sus ojos se posaron en Peary antes de decir:

—Bienvenidos a mi sala de equipamiento privada. Esta misión es alto secreto. Nadie más está al corriente de ella. Vamos a actuar de espaldas a Gamedonia, de espaldas al Directorio XY y de espaldas a cualquier persona que no se encuentre ahora mismo en esta sala.

Peary se acercó a ella, y le tendió la mano.

—Tú siempre tan reservada. Me alegro de verte.

Burakov paseó los ojos por él, de arriba abajo, y finalmente los clavó en su rostro.

—No es hora de ponernos sentimentales. El tiempo apremia.

Peary suspiró.

—Gélida hasta el final. Con lo bonito que ha sido lo que me has dicho antes.

—Solo he usado la psicología para convencerte de que tienes que hacer lo que yo te diga.

—Ya sabes que para eso no necesitas psicología.

Oli y Flynn estaban contemplando la escena como si fuera una película romántica de una pareja enfadada que en realidad se moría de ganas de besarse de nuevo.

—Ejem —dijo Verkan para hacernos notar. Seguramente empezaba a sentirse un poco incómodo.

Burakov salió de aquel ensimismamiento con Peary y se dirigió con gravedad hacia nosotros. Nos volvió a repetir que, si bien era arriesgado confiar aquella misión de espionaje que había desarrollado a unos exalumnos de la escuela, éramos los únicos en quienes podía confiar plenamente. Que ya habíamos dado sobradas muestras de valentía y trabajo en equipo en la NASA. Y que no solo Tim Peary iba a acompañarnos, sino que ella cuidaría de nosotros a distancia, a través de un enlace de comunicación encriptada.

Aquellos detalles ya me sonaban un poco más a *Misión imposible* o James Bond, lo que me ayudó a sentirme menos ridículo al ponerme de nuevo el uniforme del Directorio XY.

El único que se negó a disfrazarse del siglo XIX fue Peary, que optó por llevar su atuendo habitual, es decir, de surfero que parecían recién levantado de una siesta de dos horas.

—Recuerden que deben ser muy discretos —nos insistió mientras abría las cajas de los equipos de operaciones—, no pueden confiar en nadie porque no sabemos quiénes son Realistas o quiénes colaboran con ellos. Solo deben seguir mis órdenes o las órdenes de Tim Peary.

—¿Y si opinan cosas distintas? —pregunté cuando me hube puesto el uniforme.

—Si les damos órdenes contradictorias, entonces háganme caso a mí.

—No sé por qué no me sorprende esa respuesta —ironizó Peary—. Ya sabes que yo también te quiero, pero si veo algo raro, abortaremos y regresaremos a Gamedonia.

Burakov chasqueó la lengua pero no dijo nada mientras desplegaba el equipo encima de una mesa rectangular.

—Los uniformes que llevan ahora no solo les hacen parecer personas más maduras, sino que están tejidos con materiales inteligentes a prueba de rasguños y otras agresiones.

—¿Disparos de bala? —aventuré.

—La misión que van a llevar a cabo es bastante sencilla... No tendrán que enfrentarse a enemigos armados. Básicamente porque si hay una confrontación directa de cualquier tipo y llamamos la atención de los Realistas, cambiarán sus planes y entonces no tendremos ninguna posibilidad de neutralizarlos. Con todo, más vale prevenir que curar, así que aquí tienen lo último de lo último desarrollado en el Taller 3D.

Todo aquel equipo era alucinante. Había todo tipo de *gadgets* de defensa y espionaje, al estilo James Bond con toques steampunk.

Entre otras cosas, se nos entregaron unos intercomunicadores que podíamos insertarnos en una muela. Gracias a ellos no solo recibíamos comunicaciones vía ósea hasta el oído, sino que podíamos susurrar algo sin que nadie lo oyera, excepto el que sintonizara la comunicación vía satélite que emitía el minúsculo radioemisor. Burakov lo llamó subvocal.

También había unas gafas de rayos X con cámara incorporada para grabar vídeo.

Unas píldoras que, tras ser ingeridas, aceleraban tus reflejos.

Un kit de zapatos y guantes imantados para andar por diversas superficies verticales sin caerte de bruces al suelo, al estilo Spiderman.

Unas granadas OEM, es decir, capaces de crear una onda electromagnética que inutilizaba los sistemas electrónicos de todo lo que estuviera a quinientos metros a la redonda.

Un par de respiradores de oxígeno portátiles para bucear durante quince minutos. Tenían el tamaño de un lápiz y bastaba con apretarlos entre los dientes, como un caballo cuando aprieta el freno, para respirar de su depósito de oxígeno.

Y, finalmente, unas pistolas de grumo paralizante. Por lo visto, eyectaban una especie de moco a gran velocidad que cubría al enemigo y le mantenía reducido durante dos horas. Sonaba un poco ridículo, y asqueroso, pero parecía muy eficaz para reducir una amenaza.

Como equipo suplementario también nos entregaron una maleta con varios Vigilamatic, esos robots voladores de vigilancia, similares a drones, que ya habían utilizado con nosotros en clase para delatar a quienes copiaran en los exámenes. Y, pensando en mi especial habilidad para controlar la mente de Jacinto, también nos entregaron una cápsula con millones de nanorrobots.

Por si nos hiciera falta cualquier otra cosa en el terreno me facilitaron asimismo una impresora 3D portátil de último modelo con escáner incluido.

—¿Y mi ukelele amarillo? —pregunté un poco con sorna.

Verkan me miró de reojo.

—¿Acaso quieres torturar al enemigo destrozándole los tímpanos?

—Pues no es mala idea.

Burakov abrió otra maleta con más equipo extra. Era increíble todo lo que habían preparado para nosotros.

—Aquí tienen otras innovaciones, algunas son prototipos que nunca se han usado fuera del laboratorio.

—Uy, esto es lo mío, lo que nunca se ha probado —exclamó Oli asomándose a la maleta.

Estuve a punto de decirle a Oli que quizá no era buena idea que viniera a aquella misión. Bien, aún ni siquiera sabía qué misión teníamos que llevar a cabo, pero la palabra *misión* no me pareció que debiera ir asociada a una persona que, según el Future Rubius, podría perder la vida en un corto espacio de tiempo.

¡QUÉ COSAS MÁS CHULAS! ¡ME ENCANTAN LOS REGALITOS!
UY, ¿Y ESTO? ¿UN CUBO DE RUBIK?, SOY MUY BUENA RESOLVIÉNDOLOS.
CUIDADO.
¿PARA QUÉ SERVIRÁ?
PARECE QUE AQUÍ HAY UN BOTÓN CAMUFLADO.
UPS.

¿PERO QUÉ?
BLOP
BLOP
BLOP
¿QUÉ ES ESTE PRINGUE?
BLOP
BLOP
¡Y AHORA SE HA VUELTO DURO!
¡NO ESTÁ MAL! QUE NOS LO ENVUELVAN OTRA VEZ Y NOS LO LLEVAMOS.

Mientras arreglábamos un poco aquel desaguisado, Burakov ponía los ojos en blanco (creo que empezaba a sospechar que no era tan buena idea enviarnos a una misión) y nos iba explicando más detalles sobre aquella operación de espionaje.

No teníamos que entrar en acción, no teníamos que someternos a ningún riesgo innecesario. Solo localizar a uno de los científicos que supuestamente habían participado en la elaboración de una misteriosa enzima. Y averiguar para qué podría servir algo así. ¿Para envenenar el agua? ¿Para envenenar el aire que respiramos? ¿Quizá era un psicotrópico muy potente que haría alucinar a las víctimas hasta que enloquecieran?

—El bioquímico al que deben interceptar es el doctor Sasuke Ren —decía Burakov mientras aparecía su foto y su ficha en una de las pantallas murales.

—¿Japonés? —exclamó Oli—. ¿Vamos a viajar a Japón?

—Tokio —matizó Burakov.

—¡Qué pasada! Yo nunca he ido a Japón y me muero de ganas.

—Esto no es un viaje de placer —replicó Burakov poniendo de nuevo los ojos en blanco.

Mientras continuaba detallando el operativo, Verkan, Flynn y Peary estaban guardando el equipo en las maletas. Aproveché para aproximarme a Oli.

—Oye —le susurré—, ¿no crees que es mejor que tú te quedes aquí?

Oli me miró sorprendida.

—Yo también quiero ir a Japón. Me muero de ganas de ir a una tienda de anime y comprármelo todo.

—Pues yo creo que deberías quedarte al margen porque...

Oli me cogió de la mano.

—Sé que quieres evitar que me pase nada, pero en los vídeos del futuro no se dice nada claramente.

—Ya, pero...

—Sí, lo sé, podría pasarme algo. Y a ti también. De hecho, a lo mejor me quedo aquí y me cae una maceta en la cabeza y también me muero. ¿Sabes qué me dijo una vez mi madre? Que la vida no se mide por las veces que respiras, sino por los momentos que te quedas sin aliento.

Asentí lentamente, tratando de asimilar aquella frase. Por mucho que me doliera, supe que Oli tenía razón. No se puede encerrar lo que amas en una cárcel de cristal. No vivir por miedo a morir es justo eso: no vivir.

—De acuerdo, pero dime que tendrás muchísimo cuidado.

—Lo tendré. Además, tú estarás siempre a mi lado para salvarme. —Me guiñó un ojo y añadió—: Y yo a ti, que no es la primera vez que te salvo el trasero.

Me puse colorado y, en otras circunstancias —sin que estuvieran a nuestro lado Flynn y Verkan, la rectora del Directorio XY y el CEO de Gamedonia—, quizá la hubiera besado.

—¿Alguna duda? —preguntó entonces Burakov.

Me daba cuenta de que no me había enterado muy bien de la parte final, pero no importaba. Peary se venía con nosotros. Corrijo, Peary quizá tampoco se había enterado de todo. Verkan y Flynn venían con nosotros, ya iríamos improvisando.

—Yo-o también voy —me dijo Ogro poniendo su mano sobre mi hombro, como si me hubiera leído el pensamiento.

Recuerdo que se me desencajó un poco la mandíbula. Eso sí que no me lo esperaba.

—¿Que qué?

Burakov se adelantó hacia nosotros.

—Ah, sí, se me había olvidado mencionarlo. Ogro y yo hemos estado hablando mientras venían hacia aquí. Ahora que ha salido de su guarida, cree que es el momento de atreverse a ir un poco más allá. Ogro es un genio de la informática, los apoyará a ustedes continuamente. Además, también me ha contado cómo los ayudó en el último instante en la misión de la NASA. Puede que le vuelvan a necesitar.

Miré a Ogro tratando de descifrar su expresión, pero resultó imposible debajo de aquella máscara.

—¿Estás seguro? —pregunté. Me daba miedo que Oli se expusiera a un riesgo innecesario, y ahora me imaginaba a Ogro incapaz de sobrevivir allí afuera después de tantos años encerrado en su mundo.

—No-o. Pero tengo que hacerlo.

Volví a recordar las palabras de Oli. Ogro estaría más seguro en su habitación, jugando todo el día a videojuegos, fingiendo que nada estaba mal aunque todo estuviera mal. Ahora que Burakov le había descubierto ya no había razón para seguir fingiendo. Podría intentar refugiarse de nuevo en aquella sala secreta bajo el Directorio XY, pero... quizá se daba cuenta de que vivir así era como ya estar muerto. Ogro también tenía derecho a medir su vida por todas las veces que se quedara sin aliento.

Entonces se me ocurrió una cosa.

—¿Me dejarás que te imprima otra máscara en 3D?

Ogro torció la cabeza, sin comprender.

—¿Por qué?

—Digamos que la gente quizá se asuste al ver a un tío con una máscara que recuerda a la de Darth Vader.

Ogro se tocó delicadamente la superficie de la máscara. Por un momento, creí que quizá le había dolido mi comentario.

—Sí-í. Lo entiendo. Allí afuera hay mu-mucha gente.

Sonreí, aliviado.

—Sí, la hay, pero te aseguro que no todos son tan capullos como Verkan.

Todos nos reímos, incluso Ogro detrás de su máscara. Todos menos Verkan y Burakov, que parecían compartir ADN.

—Bien —nos cortó Burakov—, creo que es hora de partir. No tenemos mucho tiempo. Desde mi despacho los asistiré en su misión e intentaré averiguar más sobre los planes de los Realistas. Tengo algunos contactos importantes.

—Nunca has sido una chica de acción —señaló Peary, socarrón—. Incluso a un tipo con máscara que lleva años viviendo en un armario le apetece más ver mundo que a ti.

—¿Estás intentando echarme en cara lo de aquel día que te dije que no me gustaba ir al cine?

—¿Yo? Nada más lejos de mi intención.

—A diferencia de ti, yo dirijo este colegio de forma seria. No puedo abandonar a mis alumnos.

—Burakov, la seria.

—Peary, el payaso.

—Ejem... —intervine yo al ver que la cosa se estaba caldeando—. Y ¿cómo vamos a Japón? El avión en el que hemos venido tiene un motor hecho caldo.

Burakov me habló sin dejar de mirar fijamente a Peary.

—Llévense uno de los trenes con los que llegaron el primer día al Directorio.

—Yo sin mi furgoneta no voy a ningún lado —replicó Peary.

—Podrás meter tu cochambrosa furgoneta en el último vagón.

—Entonces vale.

—¿Sabrás pilotarlo?

—Claro, está chupado, ¿acaso lo dudas?

—Ejem —volví a interrumpir aquella escalada de violencia verbal—, ¿está diciendo que vamos a viajar a Japón en el tren que me recogió en Atocha hace un año?

Por fin, Burakov desplazó los ojos de Peary hacia mí.

—En efecto, desarrolla una velocidad supersónica tan elevada que los llevará hasta allí en menos tiempo del que puedan imaginar, y además tiene un sistema de antirradar más sofisticado que el del avión del profesor Peary. ¿Algún problema?

Sonreí ante la palabra *supersónica,* como un adicto a la velocidad.

—Ningún problema, señora Burakov.

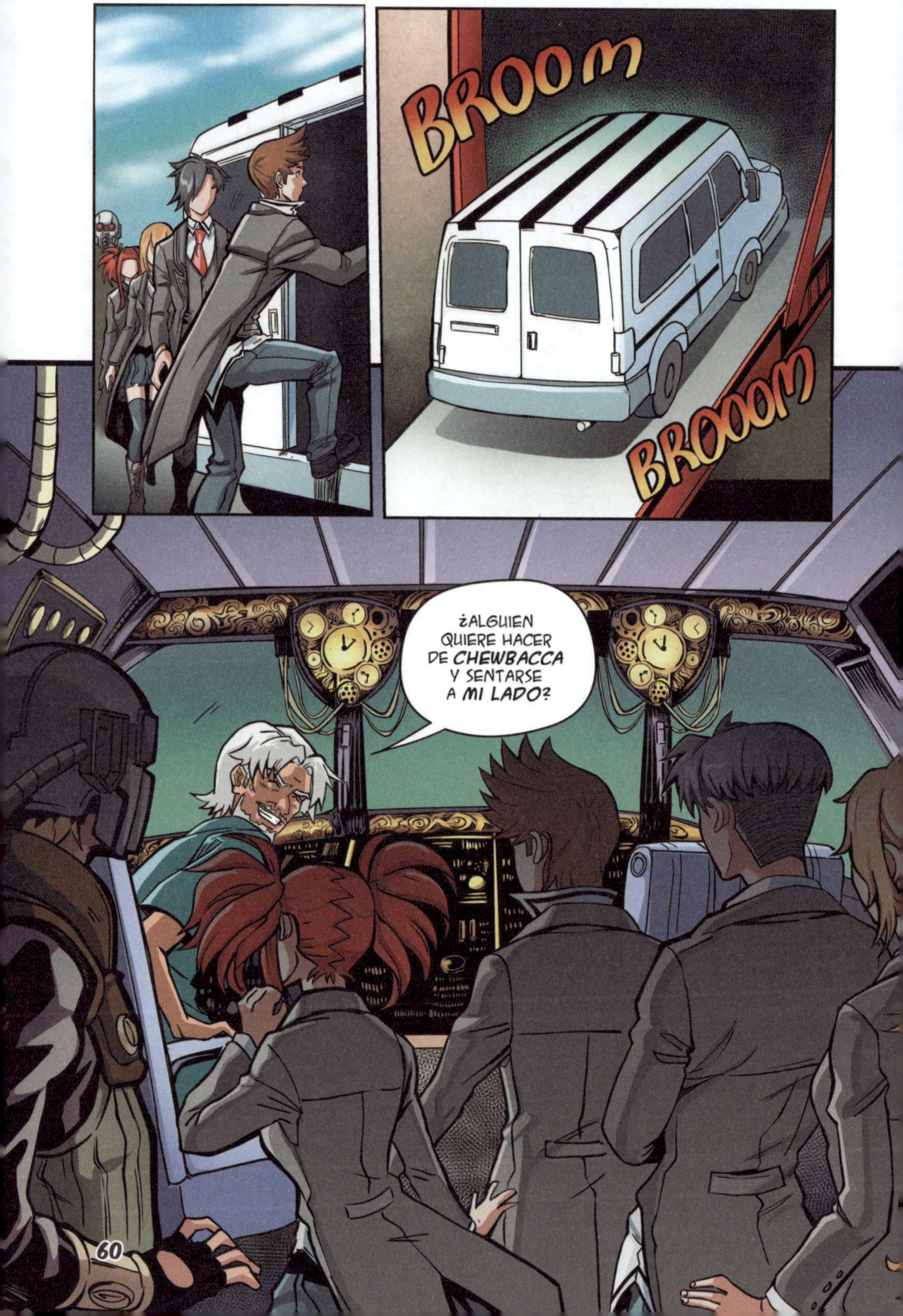
BROOM
BROOOM
¿ALGUIEN QUIERE HACER DE CHEWBACCA Y SENTARSE A MI LADO?

VAMOS ALLÁ, ¡A LA AVENTURA!
¡QUÉ RECUERDOS ME TRAE TODO ESTO!
SÍ, AQUÍ NOS CONOCIMOS.
¡AGARRAOS FUERTE, ALLÁ VAMOS!
FUOOOM

CAPÍTULO 5

Oh, Japón, amigos. Creo que es mi país favorito de todo el mundo. Felicidad over 9000. El lugar que mejor me define y donde me resulta más fácil que cualquier cosa me produzca una amplia sonrisa de felicidad.

Después de aterrizar en un bosque cercano a las afueras de Tokio, empezamos a circular por las calles de la ciudad con la furgoneta de Tim Peary, y yo, como es normal, no podía dejar de mirar todo lo que había a nuestro alrededor.

Los altos rascacielos que parecían recién desprecintados, el cruce de Shibuya, las luces locas de las salas recreativas, los gigantescos almacenes donde vendían todo el *merchandising* que podáis imaginar, la calle Takeshita y todos sus adolescentes paseando con sus mejores cosplays... incluso puedes visitar Nara, donde los ciervos corren libres, tan encantadores como Bambi. Pero debes tener cuidado de que uno especialmente hambriento no te muerda, sé de lo que hablo.

Oh, Japón, algún día me gustaría mudarme a vivir allí.

Pero no estábamos de vacaciones, sino llevando a cabo una misión encomendada por Burakov. Una misión que parecía muy poca cosa si las comparábamos con las adrenalínicas operaciones de *Misión imposible* o James Bond, pero que constituía la primera pieza de una larga hilera que culminaba en el Apocalipsis. O algo así.

«Tenéis que dirigiros a las coordenadas de GPS que os acabo de enviar», nos informó Burakov a través de los intercomunicadores que teníamos alojados en el oído y que, de paso, también traducían sus palabras a nuestros respectivos idiomas.

—Lo que tú digas, jefa —respondió Peary con cierta retranca mientras seguía conduciendo.

Todos estábamos muy excitados. Era nuestra primera misión. Es cierto que habíamos llevado a cabo otras misiones, como la de la NASA, pero era la primera vez que no ejecutábamos la misión a distancia, a través de un ordenador, una consola o cualquier otra interfaz. Aquellas misiones estaban bien, eran muy emocionantes, pero en el fondo se parecían mucho a echar una partida a un videojuego o a ver una película. No estabas realmente allí.

En ese sentido, quien parecía estar flipando más que nadie era Ogro. Se había pasado los últimos años encerrado en un cuartucho maloliente contemplando el mundo a través de sus pantallas de ordenador. Por primera vez, se había convertido en un personaje de uno de sus videojuegos.

—Había pensado en imprimirte una máscara que encaje mejor con Tokio —le dije entonces.

Ogro me miró sin comprender.

—Va-le.

Me hice con la maleta que guardaba mi impresora 3D portátil, la encendí y, tras desplegar mi portátil, le envié unas cuantas imágenes que me acababa de descargar de internet. Volvía a exhibir mis legendarias habilidades en las impresiones 3D, las que me habían permitido pasar a llamarme Rubius en vez de Rubén Doblas.

En apenas diez minutos, extraje la pieza impresa. Era una nueva máscara que encajaba como un guante en la máscara de Ogro.

—¿Te gusta? —le pregunté.

Ogro miró a los demás, que se quedaron patidifusos. Verkan chasqueó la lengua y soltó un «¿en serio?».

—Mo-la —fue la escueta apreciación de Ogro.

—Y tanto que mola —exclamó Oli.

—Espero que no llame mucho la atención —señaló Flynn.

—Estamos en Japón y es una máscara de teatro kabuki —expliqué—, ¿qué hay más típico que esto?

NO SÉ YO SI...
¿QUÉ TAL?
¡GENIAL!
¿QUERÉIS QUE OS HAGA UNA A VOSOTROS Y VAMOS TODOS A JUEGO?
YO PASO.
YO MEJOR NO.

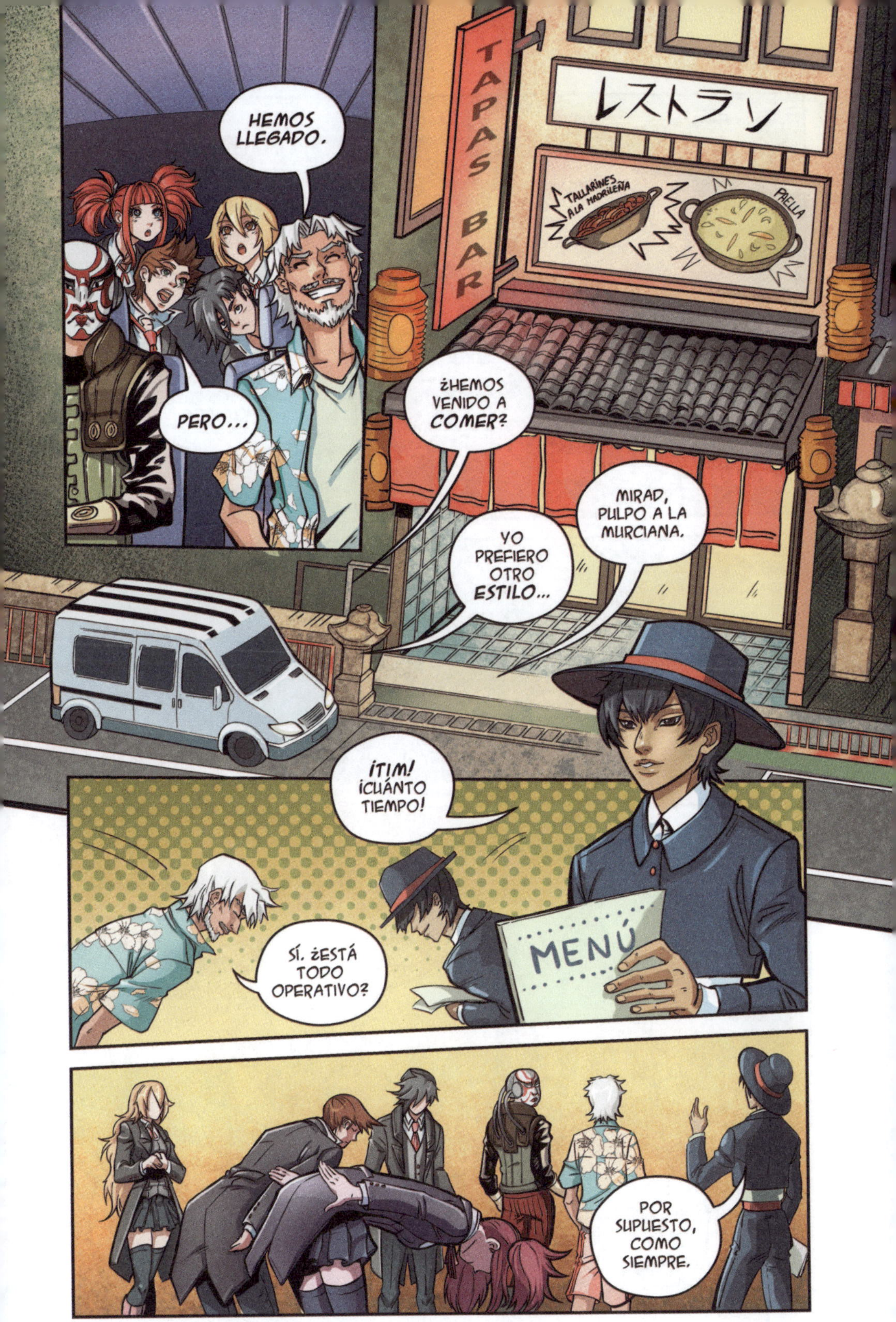
HEMOS LLEGADO.
PERO...
TAPAS BAR
レストラン
TALLARINES A LA MADRILEÑA
PAELLA
¿HEMOS VENIDO A COMER?
MIRAD, PULPO A LA MURCIANA.
YO PREFIERO OTRO ESTILO...
¡TIM! ¡CUÁNTO TIEMPO!
SÍ. ¿ESTÁ TODO OPERATIVO?
MENÚ
POR SUPUESTO, COMO SIEMPRE.

BIENVENIDOS A NUESTRO PUERTO BYRON DE TOKIO.
NO PODÉIS DESCUIDAR VUESTRA EDUCACIÓN.
MIENTRAS OGRO Y YO TRABAJAMOS SOBRE EL TERRENO PARA ENCONTRAR A SASUKE REN, VOSOTROS ASISTIERÉIS A CLASES MEDIANTE LOS PUERTOS VIRTUALES.
OH...
AL FIN UNA BUENA NOTICIA.
HASTA LUEGO, PASADLO BIEN.
¡OS ESTABA ESPERANDO!
¡ESTA VEZ ESE AVATAR MOLÓN NO ME ENGAÑARÁ!

Después de las clases, podíamos dormir en las habitaciones que había en el propio puerto Byron. No eran gran cosa. Bueno, en realidad eran una pocilga. Pero, afortunadamente, en el puerto Byron también podías dormir con unas minigafas de realidad virtual que te permitían ver el tipo de habitación que tú quisieras.

Así pues, a pesar de que Verkan y yo dormíamos en una habitación de apenas siete metros cuadrados con las paredes desconchadas y unos colchones demasiado viejos, yo veía un gran parque temático con piscinas de olas, gatos gigantes vomitando arcoíris y una enorme torre de color rosa dibujada en el horizonte. Para algunos recordaría al castillo de la Bella Durmiente. A mí me recordaba a otra cosa.

Probablemente, Verkan, que también usaba sus gafas RV portátiles, estaría viendo un elegante dormitorio del siglo XIX, muy al estilo del Directorio XY. Por eso no me extrañó que me hiciera aquella pregunta cuando ya estaba a punto de dormirme.

—¿No te parece que Peary y Burakov van a terminar juntos otra vez?

—¿Uhm? —murmuré yo con la boca pastosa porque ya estaba más dormido que despierto. A pesar de que las clases eran virtuales resultaban igualmente agotadoras.

—Peary. Burakov. Son justo lo contrario, pero creo que aún sienten algo el uno por el otro.

—Uhm —le confirmé.

Verkan se removió entre las sábanas y seguramente me clavó la mirada.

—¿Vas a decir algo más o todas tus respuestas van a ser «uhm»?

—Uhm.

—¿Te estás burlando de mí?

—No, tío, que cada «uhm» tiene una entonación, significa una cosa distinta.

—Claro, claro —refunfuñó Verkan.

—Creo que en realidad no me estás preguntando por Peary y Burakov.

—¿Ah, no? Te digo los nombres de Peary y Burakov y dices que no me refiero a ellos. Eso es un poco raro, ¿no?

—No es nada raro. La gente no siempre dice lo que quiere decir. A veces sus palabras significan otras cosas.

—Ya, ahora va a resultar que eres un maestro de la lengua.

—Eso pregúntaselo a Oli...

—¿Qué? —exclamó Verkan. Hablar de lengua y de una chica ya eran palabras mayores.

—Nada, nada, relájate, que solo era una broma. Lo que creo es que, al decir «Peary» y «Burakov» en realidad estás diciendo «Verkan» y «Flynn».

Hubo un silencio que fue muy elocuente.

—¿Crees que te estoy preguntando por mi futuro sentimental?

—Eso mismo es lo que estoy sugiriendo. Porque sois iguales. Tú eres del Team Burakov, ella es del Team Peary. Y si Burakov y Peary se reconcilian, significará que tu relación con Flynn no es imposible, a pesar de todas las diferencias entre vosotros.

Verkan volvió a guardar silencio. Creo que le había impresionado. Naturalmente, trató de disimularlo.

—Ahora qué eres, ¿un psicólogo matrimonial?

—Soy el Doctor Amor, y sabes que tengo toda la razón.

Verkan gruñó.

—Vamos a dormir.

—Sí, será lo mejor, que mañana siguen las clases. Pero antes quiero responder a tu pregunta.

—¿A qué pregunta?

—Ya lo sabes, tonto. A la de «Peary» y «Burakov». —Y pronuncié sus nombres con una inflexión en la voz que indicara muchas comillas entre ambos.

—Ah, vale, y ¿cuál es tu respuesta, oráculo de Delfos?

—Sí, creo que Peary y Burakov tienen muchas papeletas para terminar juntos. Te lo dice el Doctor Amor.

ケーム
BUENO, CHICOS, LLEVÁIS VARIOS DÍAS ESTUDIANDO, VAMOS A DAR UNA VUELTA Y RELAJARNOS.

ES OGRO. HA LLEGADO NUESTRO OBJETIVO.

Llegamos a las coordenadas que había fijado Burakov. Al parecer, nuestro objetivo, Sasuke Ren, era bastante regular en sus hábitos diarios. Por las mañanas, un par de horas en un salón recreativo. Después, comía ramen en los pasillos subterráneos de la estación central de ferrocarriles de Tokio. Siesta en su domicilio. Y todos los viernes, cena y sesión de karaoke en un local de Harajuku. Solía estar allí hasta las tantas, y luego iba de bar en bar empinando el codo hasta que amanecía. Era el momento ideal para interceptarlo con la guardia baja.

«El típico comportamiento de un trabajador en el paro que no puede dormir por las noches», nos había dicho Burakov.

Disponíamos de toda esa información sobre Ren gracias a las pesquisas de Burakov, pero también de Ogro y Flynn, que se habían pasado todo el viaje hasta Japón aporreando sus ordenadores. Verkan también lo había hecho, pero para programar código de su proyecto WatchFriend... ya sabéis, Verkan siendo Verkan.

La idea era interceptar a Ren en su propio domicilio, por la tarde, para hablar con él sin llamar la atención de nadie. Sin embargo, nos quedamos atrapados en un atasco de tráfico tan monumental que, al llegar a su domicilio, ya empezaba a caer la noche. Ren había salido en dirección al local del karaoke.

«Actualizando coordenadas de GPS», informó Burakov.

—Cuando hablas así, parece que me esté hablando la voz de mi propia conciencia —murmuró Peary sin dejar de conducir.

«Déjate de tonterías o volveremos a perderlo. Habrá que interceptarlo en cuanto salga del bar de karaoke, en el callejón que os estoy señalando en el mapa».

Peary amplió la imagen del GPS que tenía situado en el salpicadero de la furgoneta y pisó a fondo el acelerador.

—No lo perderemos, Pepito Grillo.

En unos minutos, ya estábamos estacionados justo delante del local de karaoke, un edificio de siete plantas en cuyo frontispicio y con vistosas luces de neón se leía: Dum Dum Sing. En cada planta había cuatro salas de karaoke distintas. Algunas podían reservarse individualmente, otras eran para grupos de más de cinco personas. Era lo típico de Japón que no existía en el resto del mundo. Japón era único en tantas cosas...

Aun así, como dicen en algunas películas, la mayor parte del tiempo la tarea de un policía, un detective o un agente secreto se centra más que nada en esperar, en montar guardia y aguardar que el objetivo aparezca. En las películas esto se resuelve con una elipsis. En los videojuegos, le das al botón de saltar escena. En el mundo real, sin embargo, esperar resulta tremendamente aburrido.

Y cuando llevas dos horas haciéndolo, ni os lo imagináis.

Los seis estábamos metidos en la furgoneta, aburridos como ostras, mientras nos perdíamos las mil y una maravillas de la vibrante Tokio. Verkan ya había desplegado su portátil y tecleaba más código para el WatchFriend (por cierto, al comprobar mi tatuaje electrónico continuaba en rojo; ningún *check*, de momento). Flynn volvía a bucear en las profundidades abisales de la Dark Web, buscando alguna pista más de los Realistas. Yo estuve tentado de sacar mi ukelele y ofrecer un concierto a mis amigos, pero me temía que no iban a ser un público amable y agradecido, así que opté por jugar un rato con mi impresora 3D, confeccionándole más máscaras a Ogro.

—Y yo que esperaba que íbamos a desenfundar nuestras pistolas láser para protagonizar un tiroteo alucinante —suspiró Oli con una mueca de profundo aburrimiento.

—¿Cuánto falta para que salga? —preguntó Peary a través del subvocal, exasperado.

«Paciencia, vaquero... He pedido a alguien de confianza que intervenga las cámaras de circuito cerrado del Dum Dum Sing. Parece que Ren tiene para rato».

—Alguien de confianza —repitió Peary, pero Burakov cambió de tema.

A esas alturas, Oli, Flynn y yo ya habíamos planeado una cosa. Era una pena estar en un sitio tan alucinante y no verlo. Nos moríamos de ganas de comprobar cómo era el Dum Dum Sing por dentro. Le susurré a Ogro que si quería venirse con nosotros. Vaciló, pero le aseguré que su máscara de kabuki causaría sensación.

—¿Dónde vais, chicos? —preguntó Peary, echándonos un vistazo a través del retrovisor.

—Nada, nada, solo a estirar las piernas —respondí con mi tono de voz más inocente.

—Mmmm, bueno, pero no os alejéis mucho, Ren podría salir en cualquier momento.

—Somos profesionales —dije guiñándole un ojo.

Verkan continuó tecleando en su portátil, dejándonos claro que no quería meterse en nuestros líos, así que nos fuimos sin él.

—Mira que a veces eres aburrido, calculín —le reprochó Flynn mientras abría la puerta.

Y antes de que pudiera replicarnos, los cuatro ya habíamos descendido de la furgoneta. Por fin daba comienzo la misión. Ahora sí que era de verdad. Y aquella experiencia, para Ogro, debía de estar multiplicada por mil, porque era una de sus primeras interacciones sociales en muchos años.

Entramos en el Dum Dum Sing y no dejamos de alucinar. Era un local lleno de chicas disfrazadas y música estentórea, además de luces de colores por todos sitios. Había tanta gente rara que Ogro pasaba totalmente desapercibido.

—¡Cómo mola este sitio! —exclamó Oli.

Entonces descubrimos un mostrador donde te dejaban probarte ropa de cosplay. Y totalmente gratis.

—¿Estáis pensando lo mismo que yo? —dije con una gran sonrisa de niño travieso.

¡TACHÁÁN! ¡ESTO VA A SER GENIAL!
CON ESTO PODEMOS CONTROLAR LAS CANCIONES Y PEDIR TODA LA COMIDA Y BEBIDA QUE QUERAMOS.

¡EH, GENIAL! CANTAS MUY BIEN. ¡Y YA NO TARTAMUDEAS!
¿CHICOS?

«¿Se puede saber dónde están? —sonó la voz de Burakov en nuestros oídos—. ¡Ren ya ha salido!».

Todos dimos un respingo, como si alguien nos hubiera tirado un cubo de agua helada por la espalda, y nos echamos a la carrera. Mientras corríamos fuimos quitándonos la ropa cosplay, dejando diferentes prendas de fantasía por los pasillos y las escaleras del Dum Dum Sing.

Al llegar a la calle, la furgoneta de Peary derrapó justo delante de nosotros.

—¡Subid! —gritó por la ventanilla mientras Verkan abría la puerta de atrás.

Nos sentíamos como niños pequeños a quienes sus padres pillan en plena travesura.

«Pero ¿se puede saber qué estaban haciendo? Llevo diez minutos tratando de comunicar con ustedes», iba diciendo Burakov.

Seguramente en el Dum Dum Sing habíamos perdido cobertura del satélite y, entre tanta canción, se nos había pasado el tiempo volando.

«¿Qué está ocurriendo por ahí?».

—Tranquila, jefa —murmuraba Peary sin dejar de conducir—, que lo pillamos seguro. Me has dicho el callejón de la izquierda.

«¡No, a la derecha!».

—Ups.

La furgoneta giró en redondo, derrapando, y todos nos sujetamos como pudimos. Verkan no decía ni una palabra, lo cual era muy, muy mala señal. Dando bandazos, la furgoneta enfiló el otro callejón. Peary conducía un poco mal y se llevó por delante algunos cubos de basura, que saltaron por los aires.

—¿Veis a ese tío? —pregunté yo mirando por las ventanillas.

—Ni rastro —dijo Oli—, parece que se haya esfumado.

En la calle había demasiada gente. Me sentía como si estuviéramos buscando una aguja en un pajar.

—Yo me ocupo —dijo entonces Flynn desplegando su portátil.

Con un hábil tamborileo de dedos, se conectó a las redes locales, entró en el sistema de las cámaras de seguridad de las calles de aquel barrio y cargó un pequeño software de reconocimiento facial de su propia cosecha en el que cotejó una fotografía del doctor Ren. Procesó a continuación todas las imágenes de vídeo tomadas en los últimos cinco minutos. Y, tras unos segundos, hubo un *check,* como si hubiera funcionado el WatchFriend de Verkan, pero no para identificar a personas afines sino al doctor Ren.

—Flipo con lo rápida que eres —señalé sin dejar de mirar la pantalla de su portátil.

—La más rápida del Oeste. Ya lo tengo. Identificación positiva. Peary, te paso los datos al GPS.

—Dios... eres toda una *stalker.*

—Ni te lo imaginas.

Peary pulsó el GPS y aceleró la furgoneta para dirigirnos al punto parpadeante de la pantalla. Conducir así era como jugar a un videojuego pero en el mundo real, pensé en ese momento.

—¡Está allí! —gritó Peary señalando un cuerpo encorvado sobre sí mismo en una esquina. Estaba vomitando.

«Buen trabajo, chicos, me han dejado ustedes impresionada», tuvo que admitir Burakov.

Los neumáticos de la furgoneta chirriaron al frenar delante del doctor Ren, cortándole el paso. Este dio un salto hacia atrás, sorprendido. Tenía la cara roja y no atinaba muy bien a poner los pies sobre el asfalto. Estaba claramente borracho.

—Ya está pedo y no son ni las diez de la noche —bufó Flynn.

—Oiga, señor, espere, tenemos unas preguntas para usted —dijo Peary por la ventanilla—, ¿me entiende? ¿Habla mi idioma?

«Pero ¿qué diablos haces?», le espetó Burakov.

Ren dio dos pasos hacia atrás, y empezó a correr por otro callejón. Peary pisó de nuevo el acelerador y comenzó a perseguirlo.

Antes de llegar al siguiente cruce, la furgoneta le volvía a cortar el paso. Y entonces ocurrió algo alucinante.

La puerta de atrás se abrió. Descendió Ogro provisto de su máscara kabuki. Ren parecía aterrado, como si se hubiera materializado delante de él un monstruo. Seguramente era el exceso de alcohol lo que hizo que viera más de lo que había, pero la cuestión es que se quedó paralizado como uno de esos conejos deslumbrados por las luces de un coche en mitad de la carretera. Ogro lo agarró del pescuezo y lo subió a la furgoneta. Luego, con voz grave y sin atisbo de tartamudeo, aproximó su rostro al de Ren y en perfecto japonés le dijo:

—Queremos información sobre la enzima en la que estuviste trabajando hace tres meses.

Ren se quedó blanco, con los ojos muy abiertos.

—No, por favor, no, por favor —comenzó a repetir en voz baja, como si temiera que alguien los escuchara. Probablemente en su contrato constaba una cláusula muy severa en la que se le prohibía irse de la lengua. Con lo que no contaba era con que la información se la iba a sacar Ogro.

—Dinos el nombre, lugar de fabricación, todo lo que sepas ahora mismo —insistió Ogro rozando con su máscara kabuki el rostro de Ren.

—No es culpa mía, yo no he hecho nada... —gimoteaba.

El doctor Ren había bebido tanto aquella noche que sin la menor duda debía sentir que estaba en mitad de una pesadilla. Y quizá por eso, empezó a largar sin importar las consecuencias. Como poco, cantó más que nosotros en el karaoke.

Entre balbuceos, mencionó alguna terminología química que se me escapaba, también que no tenía ni idea de la identidad de sus contratantes, que él era el último mono, que solo trabajaba en el laboratorio sintetizando pruebas, que no sabía para qué era todo aquello, que él no era la persona con la que teníamos que hablar, pero que debía remitir su trabajo por correo electrónico a una serie de contactos... y que se arrepentía mucho de haberse separado de su mujer y que su vida ya no tenía sentido. Fue todo un psicodrama aderezado con alcohol.

Todos aquellos nombres y datos, incluidos las identidades de otros trabajadores del laboratorio, los fue apuntando diligentemente Burakov, que por los interfonos nos dijo tan solo:

«Excelente trabajo. Es suficiente, pueden soltarle».

Ogro volvió a abrir la puerta de la furgoneta y plantó a Ren en el suelo, y ahí se quedó quieto como un árbol. Estaba empezando a llover, pero eso no hizo que Ren se moviera ni un ápice. Cualquiera hubiera pensado que, como buen árbol, quería que lo regasen para crecer sano y fuerte.

Peary pisó el acelerador y salimos zumbando de allí. Ogro se sentó en su sitio. Verkan lo miraba con cierto temor. Flynn ni pestañeaba. Oli sonreía y le daba un abrazo. Y yo, en fin, qué puedo decir... que me sentía orgulloso de él. Hasta yo me había acojonado un poco con su forma de proceder.

Le puse el puño delante de la cara, y él también convirtió su mano en un puño y lo hizo entrechocar con el mío, al más puro estilo cantante de rap.

—Este último año he estado viciado con videojuegos de lucha —dijo Ogro para justificar aquel comportamiento tan impropio de él.

Imagino que Burakov esperaba que hubiéramos interceptado a Ren de una forma más discreta. Quizá esperaba apuntarnos por el intercomunicador las palabras exactas en japonés que debíamos usar con él para sonsacarle algún dato mínimo, un nombre o una dirección a través de la cual pudiéramos tirar del hilo de alguna base de datos en internet.

Habíamos sido un poco bestias, pero gracias a Ogro teníamos mucha más información de la esperada.

—Ya ves que mis chicos son los mejores agentes de campo que hayas conocido nunca, jefa —gritó jubiloso Peary sin dejar de conducir—. ¿Cuáles son las siguientes coordenadas? Estamos preparados.

Hubo un largo silencio. La furgoneta ya estaba enfilando una vía principal para abandonar el centro de la ciudad.

—Yo sigo conduciendo hacia el lugar donde hemos aterrizado el tren, ¿eh? Ya nos dirás qué hacemos. ¿Hay que interrogar a alguien más? ¿Nos dirigimos al laboratorio donde el tal Ren estaba trabajando? Ya has visto que puedes confiar en nosotros.

Pero al otro lado de la línea no había más que silencio.

—Qué raro, ¿no? —dije a mis compañeros de aquella misión.

Ya habíamos dejado atrás Tokio cuando al fin volvió a sonar la voz de Burakov.

«¿Recuerdas que te he dicho que me estaban ayudando? Pues ya han procesado la nueva información. Esto es más grave de lo que pensábamos».

—¿Qué pasa? —exclamé yo.

—Mis ayudantes os lo explicarán mucho mejor que yo.

Fruncí el ceño. ¿Sus ayudantes? ¿A quién se estaba refiriendo Burakov? ¿No se suponía que aquella misión era supersecreta?

Y entonces no me pude creer las dos voces que escuché a través del intercomunicador. Eran dos personas que conocía muy bien. Dos personas que ya no estaban con nosotros. Nunca me imaginé que volvería a hablar con ellos.

CAPÍTULO 6

Eran ellos. Robin Wall y Yumi Jusaka. Robin había sido mi compañero de dormitorio durante mi estancia en el Directorio XY, aunque al final él había decidido quedarse con ellos. Yumi era una compañera de clase en Gamedonia que, tras la misión en colaboración con la NASA, había optado por trasladarse al Directorio XY.

Siempre había notado que entre ellos había algo más que amistad.

Y ahora no solo se presentaban juntos, sino que Burakov los había incorporado sin avisar a nuestra misión. Un escalofrío me recorrió la espalda. No solo porque no me fiara del todo de ellos, sino porque entre nosotros había muchos sentimientos encontrados.

Todos nos saludamos por el subvocal con mucha tensión en la voz. Parecía que estuviéramos disputando una partida de ajedrez y cualquier desliz en forma de palabra mal escogida o sentimiento mal enfocado podía culminar en un jaque mate.

«Pueden ustedes confiar en ellos», insistió Burakov por el subvocal, consciente de las tensiones que había entre nosotros. Tantas cosas que se quedaron por decir, tantas cosas que se quedaron por resolver.

—Pues haberlos enviado a ellos a la misión.

Esa frase la dije yo. Me salió del alma. Desde un punto de vista estratégico, si seguimos con la comparación del ajedrez, fue una muy mala jugada. Me había dejado llevar por los sentimientos y no había calculado bien mis palabras.

«Siempre que Peary se mantenga oculto dentro de la furgoneta, ustedes pasarán más desapercibidos para un Realista que cualquier alumno de mi escuela», se justificó Burakov.

—Ya —fue mi única apreciación, y Burakov se vio en la necesidad de decir algo más.

«Me fío al cien por cien de ustedes, pero solo al noventa por ciento del señor Wall y la señorita Jusaka. Si están aquí en mi despacho trabajando para mí, puedo vigilarlos más de cerca».

Aquella respuesta sí que nos satisfizo a todos. Sobre todo a mí.

«Además, la misión todavía no ha terminado».

Eso sí que no me lo esperaba. ¿Burakov quería que continuáramos adelante?

***

La furgoneta se introdujo en el último vagón del tren volador del Directorio XY mientras Robin y Yumi nos informaban de sus hallazgos. Sus rostros aparecían en vídeo en una esquina de las gafas que nos había suministrado Burakov. Eran unas gafas alucinantes, porque tenían cámara incorporada, pero también capacidad de videollamada. Solo te las debías poner y veías a tu interlocutor en la esquina de la lente, en un cuadradito.

«Según la composición química de la enzima he podido determinar que es un neurotóxico», explicaba Yumi con ese tono suyo tan pedagógico. Todavía no me había olvidado de que le encantaba leer y que repetía a menudo que todo estaba en los libros. En cuanto tenía ocasión, nos demostraba su vasta cultura.

—¿Neurotóxico? —pregunté yo.

«Que afecta al sistema nervioso».

—Entonces los Realistas quieren manipular el sistema nervioso de las personas —concluí.

«No creo que sea ese el objetivo. Por las características químicas de la enzima, sería inocuo en un sistema nervioso humano, pero no para el sistema nervioso de algunos animales».

—¿Con los gatitos? —preguntó Oli, alarmada.

«Gatos, perros, hámsteres, conejos... muchos animales pueden verse afectados por esa clase de neurotóxico», habló entonces Robin, intentando ser lo más profesional posible.

—Pero ¿para qué quieren matar a los animales? —pregunté yo.

«No creo que quieran matarlos, sino cambiar su comportamiento —dijo entonces Burakov—. El nombre en clave de los Realistas es Muñeco Diabólico. Saquen sus propias conclusiones».

—¿Quieren volver diabólicos a los animales? —aventuré.

«Creemos que no a todos los animales, sino a los que están más cerca del ser humano —afirmó sombríamente Burakov—. Ya hemos identificado algunos brotes aislados en Florida, Río de Janeiro y varias capitales europeas. Creemos que son pruebas piloto. Y en todas ellas los animales más próximos a los humanos han mostrado reacciones violentas».

—Las mascotas... —concluí sin creerme que se podía llevar a cabo un plan tan retorcido con esas adorables criaturitas del señor. No podía ni imaginarme a un gato asesino o a un conejito con los ojos inyectados en sangre.

—A ver, a ver —nos interrumpió Verkan—, ¿que los Realistas quieren hacer enloquecer a las mascotas de la gente? ¿Algo así como si un perro hubiera contraído la rabia? ¿Para qué?

«Porque los Realistas quieren reconquistar el mundo —afirmó Burakov—, porque quieren que la naturaleza vuelva a reinar. Nada más poético que sea la propia naturaleza la que nos devore uno a uno, en el lugar que creemos más seguro de todos: nuestro propio hogar».

Verkan empalideció a ojos vistas.

—Pero ese plan es un poco estúpido... ¿tantas mascotas hay?

Yumi desplegó de nuevo sus datos enciclopédicos:

«Allí en Japón, por ejemplo, hay casi veinte millones, más que el número de personas menores de quince años. Sobre todo hay gatos. Literalmente estáis rodeados de gatos».

Verkan se puso todavía más pálido. Porque él, encima, era alérgico a los gatos.

TAP TAP
TAP
¡NO!
ATCHÍS
¡MI ALERGIA!
VAMOS, QUE LLEGA EL APOCALIPSIS.

Yumi nos continuó explicando lo que era la rabia, una enfermedad que afectaba a los animales y que se propagaba a través de un virus. La rabia se contagia a través de saliva infectada que penetra en el cuerpo si te muerde un perro contagiado. Aquella enzima que se estaba desarrollando en Japón parecía el primer paso para crear un virus similar a la rabia pero mucho peor y capaz de contagiar a toda clase de animales, desde las mascotas hasta los animales de granja.

Eran miles de millones de animales que potencialmente podían convertirse en enemigos de los seres humanos.

«Todavía no sabemos dónde está el virus, ni quién lo ha desarrollado —apuntó Burakov—. Ni siquiera sabemos cómo piensan llevar a cabo el contagio. Tal vez sea a través de la alimentación: la comida para mascotas, piensos y otros medios similares. Tal vez sea por el aire, desde algún tipo de aeronaves».

—¡A lo mejor es con *chemtrails!* —exclamé yo.

—¿Qué es eso? —preguntó Oli.

—Pues la teoría de que las estelas que dejan muchos aviones en el cielo en realidad son productos químicos malignos que rocían encima de las ciudades.

—Eso es una pseudociencia —me corrigió Verkan.

—Tú qué sabrás —le repliqué.

Peary levantó una mano para hacernos callar. Era la primera vez que lo veía tan serio.

—¿Entonces no sabemos nada? ¿Solo que el ataque es inminente?

Al otro lado de la línea hubo unas pequeñas interferencias, como si Burakov estuviera consultando más datos con Yumi y Robin. Me resultaba tan extraño que ellos dos monitorizaran nuestra misión...

«Tenemos algunos datos que nos ha proporcionado el doctor Ren, pero poco más. La única pista que parece interesante es el nombre de un inversor, quien adquirió la patente de la enzima. Parece un magnate muy importante».

—Pues díganos dónde está y vamos ahora mismo a sacarle toda la información que tenga —me animé a decir yo, ahora que ya habíamos demostrado que éramos un equipo de operaciones relativamente competente.

«Según los datos es una poderosa magnate del sector energético —apuntó entonces Robin—. Se llama Aýnabat Pahlevi».

—Eso no suena a japonés —murmuró Peary.

«Porque no es japonés —le confirmó Burakov—. Podemos buscar otra forma de obtener información, no hace falta que vayáis vosotros».

—Querida, ahora ya estamos metido en el ajo. No tenemos tiempo de pensar planes alternativos. Envíame al GPS la dirección y vayamos hacia allá.

«De acuerdo, pero tendréis que volar de nuevo. Y a velocidad supersónica».

—Pero ¿dónde está ese tío? —pregunté yo.

«Es una tía —me corrigió Robin—. Vive en Asjabad, la capital de Turkmenistán».

—¿Turkmenistán? ¿Eso es un país?

Yumi carraspeó antes de soltarnos una retahíla de datos:

«Está en Asia Central. Limita al noroeste con Kazajistán, al norte y noreste con Uzbekistán, al suroeste con Irán, al sureste con Afganistán. Pero lo que debería preocuparos es que se considera el país más represivo del mundo. Su dirigente es un dictador que está completamente loco».

Eso no sonaba muy bien, la verdad. Pero nunca me pude imaginar lo que nos íbamos a encontrar en Turkmenistán, aquel país del que jamás había oído hablar y del que apenas encontré fotografías en internet. Parecía un parque temático. Un parque temático de pesadilla construido bajo todos los caprichos infantiles de un dirigente con más ego que Verkan.

«Por cierto —intervino entonces Burakov—, mientras preparamos el operativo para viajar a Asjabad, tus chicos no pueden perderse las clases».

Todos nos miramos sin comprender.

レストラン
TALLARINES A LA MADRILEÑA
PAELLA
¡ESTO ES INCREÍBLE!
¡MENUDOS AGENTES SECRETOS! OBLIGADOS A IR A CLASE.
PARA UNA BUENA NOTICIA QUE TENEMOS.
BIENVENIDOS, OS ESTABA ESPERANDO.
¿PROFESOR OWL? ¿Y ESE AVATAR?
UPS.
YA ESTÁ.
ERA UN TRAJE MUY MOLÓN.
YA SOLO NOS FALTA UN PROFESOR GORILA PARA TENER EL CIRCO COMPLETO.

WAAATAAA
¡NO ENTIENDO NADA PERO ES GENIAL LA TELEVISIÓN JAPONESA!
QUÉ SUERTE QUE ESTEMOS JUNTOS, ES COMO SI ESTUVIÉRAMOS EN GAMEDONIA.
TIENES UN CURIOSO CONCEPTO DE LO QUE ES TENER SUERTE. ¡CON ESE RUIDO NO PUEDO TRABAJAR!
VENGA, YA LO HE APAGADO. CUÉNTAME CON MÁS DETALLE EN QUÉ CONSISTE TU SUPERINVENTO.
COMO NO PODÍA SER DE OTRA FORMA VINIENDO DE MÍ, SE TRATA DE UN INVENTO REVOLUCIONARIO QUE...
¡SIEMPRE IGUAL!
ZZZZZ

TENGO GANAS YA DE...
YA ESTÁ TODO PREPARADO, PODEMOS IR A ASJABAD.
¡SÍ, TOMA!
PERO ANTES, DARÉIS LAS CLASES DE HOY.
MENOS MAL, TENÍA LISTOS LOS DEBERES.
¡QUÉEEEEEEE!

CAPÍTULO 7

¡YA ESTAMOS AQUÍ!
ATERRIZAREMOS EN DARVAZA, A 260 KM DE ASJABAD. NO TENDREMOS PROBLEMAS, LA MAYORÍA DE AQUÍ SON DE LA TRIBU TEKE, UNOS NÓMADAS.
OP
VAMOS. OS ENSEÑARÉ UNA COSA DE CAMINO A LA CAPITAL.

YA ESTAMOS, MIRAD.
¡LA PUERTA DEL INFIERNO!
ESPERO QUE NO ESTÉ AHÍ EL PUERTO BYRON.
NO, JA JA JA. EN REALIDAD, ES UNA CAVERNA SUBTERRÁNEA LLENA DE GAS QUE SE INCENDIÓ POR ACCIDENTE. HACE YA 35 AÑOS QUE SE PRENDIERON ESOS GASES TÓXICOS Y, TODAVÍA HOY, CONTINÚA EN LLAMAS, COMO SI FUERA UNA LLAMATIVA ENTRADA AL INFRAMUNDO MALDITO QUE HAY BAJO NUESTROS PIES.
PUES A MÍ ME PARECE UNA BARBACOA. IMAGINAOS LAS CHULETAS QUE SE PODRÍAN HACER EN UNA BARBACOA ASÍ DE GRANDE.

—Pero ¿quién vive aquí? Parece todo tan irreal como un videojuego —silbé mientras Peary conducía la furgoneta por aquel desierto y dejábamos atrás la Puerta del Infierno.

—Tal vez sea un poco más irreal que un videojuego —admitió Peary. Burakov, después de todo, tenía algo de razón cuando repetía machaconamente que el mundo real es igual de interesante o más que el virtual.

Mientras nos dirigíamos a Asjabad, Flynn continuaba inspeccionando la Deep Web en busca de más pistas de los Realistas o, al menos, del posible virus que habían desarrollado.

Por su parte, Verkan escribía código como un obseso, mejorando con cada línea extra los parámetros de su WatchFriend. Volví a comprobar el tatuaje electrónico de mi antebrazo y continuaba sin mostrar ninguna señal, ni positiva ni negativa. Como si no hubiera amigos a mi alrededor, pero tampoco enemigos. O eso o el invento de Verkan era una completa inutilidad, que era lo más probable.

Oli siempre parecía hasta arriba de cafeína y todo lo que veía o escuchaba le entusiasmaba por igual. Pero al poco de circular por el desierto se había adormilado y apoyaba la cabeza en mi hombro, y eso me hacía sentir bien. Al menos esa sensación me permitía soportar mejor la retahíla de datos que nos iba vertiendo Yumi a través del subvocal.

«Robin y yo hemos descubierto algunos textos encriptados en servidores en la nube que podrían haber pertenecido a Realistas. Son novelas y cuentos que confirman nuestra suposición de que están desarrollando un virus para controlar a los animales. Por ejemplo, hemos encontrado fragmentos de *El viento en los sauces,* de Kenneth Grahame, una aventura protagonizada por un topo, un ratón, un tejón y un sapo. O la serie de 19 libros de *Redwall,* de Brian Jacques, en la que una antigua abadía medieval está ocupada por ratones y otros animales que viven toda clase de aventuras épicas, con batallas, búsquedas de espadas legendarias y todo el imaginario propio de una obra de caballería. O de las obras del siglo XIX de E. T. A. Hoffmann que transcurren en el Gran Ducado, un humilde estado de Alemania, que es el lugar de nacimiento de Murr, el único gato del mundo que ha resuelto el secreto de la filosofía felina».

—Creo que me he dormido —dijo Flynn sarcásticamente sin dejar de navegar con su portátil—, ¿ya ha acabado de hablar?

Yo le sonreí con complicidad. Yumi, por su parte, no dio muestras de haber oído el comentario, o quiso ignorarlo directamente.

—Pues deberíais leer más —nos reprochó Verkan con suficiencia sin dejar de teclear.

—¿Te parece que leo poco con tanta Dark Web? —le objetó Flynn.

—Digo novelas, cuentos. Hay historias muy interesantes que no existen en versión cine o videojuego —le reprochó Verkan.

—Ya los adaptarán algún día —replicó Flynn. Verkan negó con la cabeza, y ella se puso melosa—: A no ser que tú quieras leérmelos al oído.

—Pues a mí me gusta Tarzán y la mona Chita —los interrumpí disolviendo de golpe la magia, y terminé imitando el grito ululante que Tarzán usaba para reunir a los animales de la selva.

Oli se despertó, y se rio a carcajadas al ver cómo gritaba. Se le unió Flynn y hasta Peary, que admitió que tenía unos buenos pulmones. Verkan era el único que rezongó. Por supuesto, Robin, Burakov y Yumi mantuvieron un incómodo silencio al otro lado de la línea. La primera en volver a hablar fue de nuevo Yumi, que entonces llegó con más datos enciclopédicos, esta vez de Turkmenistán.

«Los habitantes de este territorio localizado entre el mar Caspio y el mar de Aral son los turcomanos. El país es muy rico gracias al hallazgo de grandes reservas de gas, pero los beneficios económicos han sido muy mal repartidos. Básicamente todo lo atesora el presidente, Saparmurat Niyázov. Es posible que sea el dirigente más caprichoso del mundo».

—¿Más caprichoso que Verkan? —murmuré—. Lo dudo.

Y Verkan me fulminó con la mirada mientras continuaba tecleando.

Sin embargo, no podía ni imaginarme hasta qué punto Niyázov era caprichoso.

«Las restricciones de las fronteras apenas dejan entrar a extranjeros y turistas, y los pocos que consiguen hacerlo tienen prohibido tomar fotografías para enseñárselas al mundo. Solo unos cuantos valientes han logrado sacar imágenes de contrabando».

—O sea, que vamos a ver algo que muy poca gente ha visto —dije excitado sin perderme detalle de nuestra entrada a la ciudad de Asjabad.

Parecía bastante próspera, porque tenía rascacielos al estilo de Nueva York. Pero poco a poco fuimos descubriendo los detalles que Niyázov había situado por doquier.

—¿Qué es esa locura de edificio? —exclamó entonces Oli—. ¡Parece un cohete! ¡O una versión futurista de la Torre Eiffel!

Yumi no perdió la oportunidad de ilustrarnos por el subvocal.

«Es el edificio más alto de la ciudad. Su nombre en turcomano es Bitaraplyk Arkasy, que se puede traducir como Arco de la Neutralidad. Tiene 75 metros de alto y fue construido en 1998 por orden de Niyázov».

—Estoy flipando —resoplé—, parece el edificio de *Super Timecraft*, la pantalla final. Oye, y ¿qué es eso que brilla tanto de color dorado en la punta?

¡175 METROS!
ES ALUCINANTE.
SÍ, PERO ¿QUÉ ES ESO?
PARA QUE SIEMPRE **BRILLE,** PARA QUE SIEMPRE **EL SOL** ARRANQUE DE LA ESTATUA ESE FULGOR TAN CINEMATOGRÁFICO, ***LA ESTATUA*** VA ROTANDO A LO ***LARGO DEL DÍA*** SEGÚN LA POSICIÓN DEL SOL, ASÍ EL ROSTRO ÁUREO DE NIYÁZOV ***SIEMPRE REFLEJARÁ*** AL ASTRO REY.

BAJA, MODESTO, QUE SUBE NIYÁZOV.
LO MÁS GRACIOSO ES QUE CUANDO LLEGÓ AL PODER DIJO QUE ACABARÍA CON LA COSTUMBRE DE ADORAR ESTATUAS.
OP
BUENO, NO PERDAMOS MÁS EL TIEMPO. TENEMOS QUE RECUPERAR FUERZAS.
¿OTRO PUERTO BYRON?
NO.

HEMOS LLEGADO.
EL TURKMENBASHÍ HOTEL.
VOY A POR LAS HABITACIONES, **ESPERADME** AQUÍ.

Mientras Peary intentaba reservar dos suites para todos, Yumi le iba asistiendo por el subvocal acerca de las palabras precisas que debía usar. No es que un ordenador no sea capaz de traducir automáticamente el turcomano, sino que aquel idioma iba cambiando la acepción de las palabras bajo el capricho del presidente Niyázov.

De hecho, el presidente se molaba tanto a sí mismo que, además de hacerse llamar Turkmenbashí (que se traducía como «padre de todos los turcomanos»), muchas cosas las había hecho llamar justo así. Con la misma palabra, una y otra vez, como en una pesadilla lingüística.

«El aeropuerto se llama Turkmenbashí —nos había dicho Yumi por el subvocal—. También una ciudad, muchos pueblos, algunos barrios, algunos institutos, incluso este mismo hotel».

—Bueno, si solo son lugares, pues tendremos cuidado —subvocalicé yo.

«No, no estáis a salvo tampoco. El mes de enero también se llama Turkmenbashí».

—Vale, pues entonces evitemos los meses.

«También se llama así la única marca de vodka permitida en todo el país. Y hasta se llama así un meteorito que cayó en el desierto en 1998».

—Ya le podría haber caído en la cabeza al presidente —murmuró Peary mientras la recepcionista tecleaba nuestra reserva en el ordenador.

Peary tenía bastantes problemas con aquel idioma que el presidente había medio inventado, como si fuera un niño caprichoso con demasiado poder.

Por fin, nos entregaron las llaves de las dos habitaciones y un amable botones nos acompañó hasta ellas. Fingimos todo lo que pudimos que éramos una familia feliz, pero al final Peary hizo un comentario para aliviar sospechas:

—Yo profesor —dijo al botones—, ellos mis alumnos.

El botones le miró de arriba abajo sin reprimir una mueca de incomprensión. Supongo que Peary parecía cualquier cosa menos un profesor.

Para continuar con el teatro, nosotros nos quedamos con una de las suites, y Peary con la otra. Ambas estaban comunicadas entre sí por una puerta interior. Aquellas dos estancias serían nuestro centro de operaciones en Asjabad.

—Ya estamos dentro —subvocalizó Peary.

Mientras Peary abría las maletas sobre una cama, Flynn aprovechó para tumbarse en la que quedó libre.

—Estoy agotada —suspiró, lo cual no constituía ninguna novedad en ella.

Oli seguía muy entusiasmada, mirando por las ventanas hacia la calle. Verkan ayudaba a Peary en la elección del equipo para infiltrarnos en el casino. Y yo hice lo que siempre acostumbro a hacer cuando llego a un hotel en un país extranjero: poner la televisión.

Fue un error por mi parte. Porque la televisión era otra pesadilla *made in* Niyázov. Solo había tres canales estatales. Y el contenido no solo era muy aburrido, sino que en todos los canales, el logotipo que aparecía en la esquina superior derecha de la pantalla era... ¡la cara de Niyázov!

—Pero ¿se puede ser más egocéntrico? —tuve que exclamar—. Pero qué le pasa a este tío. ¿Está loco?

Oli había abierto el mueble bar y me dijo que tenía más malas noticias para mí:

—Pues no se te ocurra beber para olvidar, porque en la etiqueta del brandy también sale su fotografía.

—¿Quéeeee? —volví a exclamar aún más fuerte.

—Y en los paquetes de té, también.

—No puede ser.

Yumi me confirmó que todo era cierto, y que todavía era peor. «Todos los billetes y monedas también tienen impresa la cara redondita del presidente».

—¡Buah! —grité—. Me mato, de verdad. Me mato. Pero ¿cómo es que nunca había oído hablar de este país en la tele?

«Porque no todo está en la tele».

—Sí, ya, ya, todo está en los libros. Me acuerdo.

Peary había desplegado un portátil sobre la mesa. En él aparecía el rostro de Burakov en una esquina, y el resto de la pantalla lo ocupaba la fotografía de una mujer de unos cincuenta años. Tenía un aspecto elegante, los ojos almendrados, la piel tostada por el sol y un castaño rizado tan voluminoso que me recordó a una escarola.

—Chicos, un poco de atención —dijo Burakov desde la pantalla—. Esta es Aýnabat Pahlevi. Hemos estado buscando información sobre ella, pero no hemos encontrado nada extraoficialmente. Es una mujer poderosa, hizo su fortuna vendiendo infraestructuras para transportar gas desde Turkmenistán hasta Rusia. Según nuestro objetivo en Japón, es la persona que buscamos, pero no podemos estar seguros del todo. Tendrán ustedes que interactuar con ella e intentar sonsacarle información.

—Y ¿cómo vamos a hacer eso? —pregunté.

—Todas las noches acude al Gran eCasino. Deben retarla al juego que ella más domina.

—¿El black jack? Yo no tengo ni idea de jugar...

—He dicho eCasino, no Casino. Aquí se hacen fuertes apuestas, pero no a las cartas ni a la ruleta, sino a eSports y videojuegos en general.

—¿En serio? —exclamé sonriendo—. Oye, pues empieza a gustarme Asjabad. Bravo por el presi.

—Calla, tonto —me interrumpió Oli—. ¿A qué juega ella?

—*Trampage*. Por eso quería saber si lo dominaban.

Peary levantó tímidamente la mano.

—Me he pasado todas las Navidades viciándome.

—Perfecto, querido, pero a ti no pueden verte, eres el CEO de Gamedonia, ¿recuerdas? No podemos exponernos tanto. Alguno de ustedes, ¿chicos?

—Yo me he pasado las vacaciones con los torneos robot —se excusó Oli.

—Yo programando el WatchFriend —dijo Verkan.

Solo quedaba Flynn, porque yo no había jugado nunca. Todos la miramos.

—Bueno, yo... quizá me he viciado un poco.

—Jugar un poco es mejor que cero partidas —sentenció Burakov, suspirando—. Usted se enfrentará a ella. Oli la acompañará. Rubius y Verkan estarán cerca. Peary las asistirá desde la calle. ¿Preguntas?

—¿Por qué una mujer así financiaría un ataque terrorista que también puede afectarla a ella? —preguntó entonces Peary.

—Esperaba una pregunta relacionada con el operativo de esta noche, pero de acuerdo... trataré de lanzar una hipótesis. Seguramente solo conozca una parte minúscula del plan. Pahlevi debe de ser una pieza más en un enorme rompecabezas, como lo es el doctor Ren. Hace su trabajo por beneficios económicos o políticos. Es una mercenaria... No querrás saber todo lo que ha hecho para obtener el monopolio del transporte de gas hasta Rusia. No te dejaría dormir por las noches.

Tragué saliva.

—Pues qué bien...

—Solo los Realistas deben de tener una imagen global de todo el plan —continuó Burakov—. Y lo tienen tan bien escondido que no hay manera de encontrar información clara sobre él.

—Doy fe de ello —señaló Flynn, que nunca había buscado tanto sobre algo en la Deep Web.

—Resueltas las dudas, pasemos a la acción. Pero antes tienen que vestirse con más estilo. El Gran eCasino es un lugar muy elegante.

Verkan carraspeó.

—Creo que de eso me puedo ocupar yo.

Burakov sonrió. Nos tocaba ir de tiendas.

CAPÍTULO 8

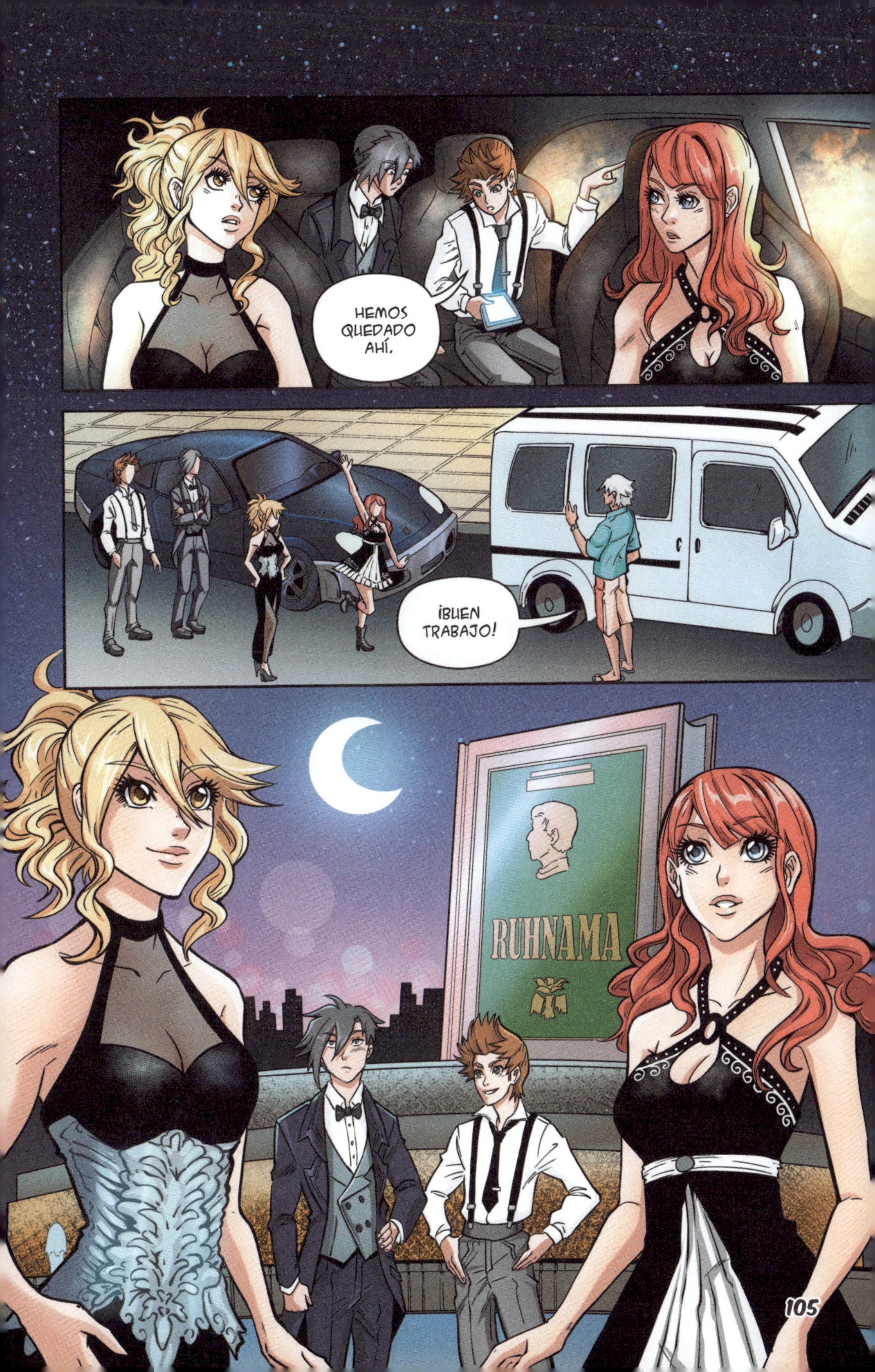

HEMOS QUEDADO AHÍ.
¡BUEN TRABAJO!
RUHNAMA

A Verkan se le estaba cayendo la baba. Y, aunque aquella ropa no era mi estilo, debía reconocer que no era para menos, porque Flynn y Oli estaban preciosas.

Entonces una voz que parecía provenir de todos lados sonó estentórea, cubriendo todo el ámbito de la plaza. Era como la voz de Dios. Sin embargo, estábamos en Turkmenistán, así que cualquier voz que pareciese la de Dios en realidad era la voz del presidente.

—¿Qué diablos es eso? —pregunté—, no será otra vez el pesado de Niyázov, ¿no?

Yumi nos informó por el subvocal de que no me equivocaba. Cada día, al anochecer, se abría un enorme libro en la plaza más importante de Asjabad y una voz leía un fragmento. Aquel libro era una autobiografía del presidente. Cuatrocientas páginas escritas por él mismo en las que explicaba cómo había llegado al mundo para gobernar a los turcomanos, mezclándolo todo con consejos espirituales y otras cosas *made in* Niyázov.

«El libro se llama *Ruhnama,* que puede traducirse como Libro Espiritual».

—Pero ¿por qué es tan pesado? ¿Es que no basta con que aparezca su carita en todos sitios?

«Por ley, el libro tiene que saberse de memoria, por eso construyeron esta reproducción, para que a nadie se le olvide».

—¿En serio hay que sabérselo de memoria? —bufó Oli—, entonces tú estarías encantada de vivir aquí, ¿no? Por eso de que todo está en los libros.

Yumi chasqueó la lengua. Creo que no se había tomado bien ese comentario.

«Precisamente me parece una abominación que solo se tenga que aprender un libro de memoria, porque entonces solo conoces una pequeñísima parte de la realidad. Además, el libro es un asco, me lo estoy mirando ahora... incluso hacen un examen de su contenido cuando quieres optar a una plaza para trabajar como funcionario. Y si te quieres sacar el carné de conducir, también te lo preguntan».

—Pues vaya coñazo de libro —tuve que admitir—, al final la gente tiene que acabar odiándolo a muerte.

Entonces habló Ogro, y a todos nos dejó con la boca abierta. No solo porque era la primera vez que intervenía tan activamente en una conversación, sino porque no tartamudeó en ningún momento. Era como si el haber abandonado su guarida, enfrentándose al mundo exterior, le hubiese otorgado una seguridad en sí mismo de la que antes carecía.

—Leer un solo libro debe de ser muy parecido a estar encerrado en una habitación sin conocer a nadie más que a ti mismo.

Todos asentimos. Tenía razón. Y ahora me alegraba de que Burakov hubiera descubierto su paradero, y de que nos hubiera permitido incorporarlo en nuestro Equipo Internacional de Misiones Peligrosísimas para Salvar el Mundo del Virus de los Realistas.

Acto seguido fue Robin el que habló para deslizarnos uno de los datos que había encontrado por internet, quizá porque se sentía un poco secundario en aquella misión.

«Desde ahora es obligatorio leer por decreto el *Ruhnama* para poder entrar en el Cielo. Según palabras de Niyázov: "Quien lo lea tres veces se volverá más inteligente, reconocerá la existencia divina e irá directamente al paraíso". Algo así como leerse un libro de magia de Harry Potter».

Todos nos reímos con aquel comentario. Nos hacía falta reírnos un poco, porque la tensión empezó a aumentar cuando aparcamos junto al eCasino. Comenzaba la misión.

Flynn y Oli fueron las primeras en descender del descapotable que habíamos alquilado. Allí no les importaba que fuéramos menores de edad, y las chicas ya estaban acostumbradas a conducir el coche de sus respectivos padres.

Con movimientos contoneantes y seguros de sí mismos, se dirigieron a la entrada. Oli, sin embargo, casi se tropieza con uno de los escalones. Afortunadamente, no lo hizo. Y, a pesar de todo, Oli me continuaba pareciendo preciosa. Quizá por eso mismo, porque era patosa. Las chicas demasiado perfectas no me parecen naturales. Oli era la naturalidad en su máxima expresión.

Verkan continuaba babeando, sin perder ojo de los movimientos de Flynn.

—Cierra la boca o te entrará una mosca —le dije jocoso.

—¿Qué? —replicó él, sin entender a qué me refería.

Justo antes de que Flynn y Oli cruzaran el umbral de la entrada del eCasino, Verkan y yo nos bajamos de la furgoneta de Peary y nos dirigimos raudos hacia ellas. Siempre manteniendo una distancia prudencial que evitara que nadie nos relacionara, pero sin perder contacto visual.

—Estamos detrás —informé por el subvocal.

—No me mires el culo, Verkan —subvocalizó Flynn.

—Un poco de seriedad, que esto no es una película de James Bond —protestó Verkan.

—Si lo fuera, nosotras seríamos James Bond —repuso Oli—, y vosotros la chica guapa que nos acompaña.

«Me encanta cómo habéis cambiado los roles —también subvocalizó Peary desde la furgoneta, que nos monitorizaba a través del ordenador—, *girl power!*».

El eCasino era un sitio alucinante. Una mezcla de casino de Las Vegas con salón de videojuegos, todo multiplicado por diez.

Mientras Flynn y Oli fingían pasear despreocupadamente por las distintas salas, aproximándose a las mesas de los diferentes juegos, nosotros intentábamos avistar al objetivo, como dos cazadores persiguiendo a la presa en mitad de un bosque de cuerpos que iban y venían por todos lados.

Para esconder nuestras intenciones, ambos llevábamos un par de gafas oscuras provistas de cámara. Las imágenes iban directamente al ordenador de Peary.

Y entonces, creí ver a la mujer que estábamos buscando. Se hallaba sentada en una mesa ovalada sobre la cual descansaba un increíble equipo electrónico del que brotaban cables por todos lados. Alrededor de la mesa había muchos curiosos asistiendo a una partida.

—Creo que la tenemos —subvocalicé mirando fijamente hacia el objetivo.

«Confirmación positiva —respondió Peary, tras pasar un filtro de reconocimiento facial sobre el rostro que estaba enfocando con mis gafas—. Mesa cuatro, a vuestra izquierda. Flynn, Oli, ¿la veis?».

Ambas se dirigieron hacia la mesa, confirmando el objetivo.

—La vemos, y también vemos al pedazo de tío que está con ella —suspiró Flynn.

—Confirmo objetivo. Y el pedazo de tío —dijo Oli.

Verkan y yo fruncimos los ceños y nos fijamos en el chico que acompañaba a la magnate. En efecto, parecía Thor en esmoquin. Cabellera lacia y rubia, mentón para cascar nueces decorado primorosamente por una barba fina, labios gruesos para matar a besos, ojos azules como el océano y unos brazos tan musculosos como los de un superhéroe.

—¿Ese es el novio de Pahlevi? —preguntó Verkan.

«Digamos que el acompañante —informó Peary—, se llama Dominic Corben, y no es culturista, sino un experto en química de la Universidad de California».

—Pues está como un queso —volvió a insistir Flynn.

—Concentraos en la misión —le recordó Verkan.

—Tranquilo, no te pongas celoso.

ESTÁ COMENZANDO UNA PARTIDA DE TRAMPAGE.
READY
¿ENTONCES, ESTO VA DE DESTRUIR RASCACIELOS?

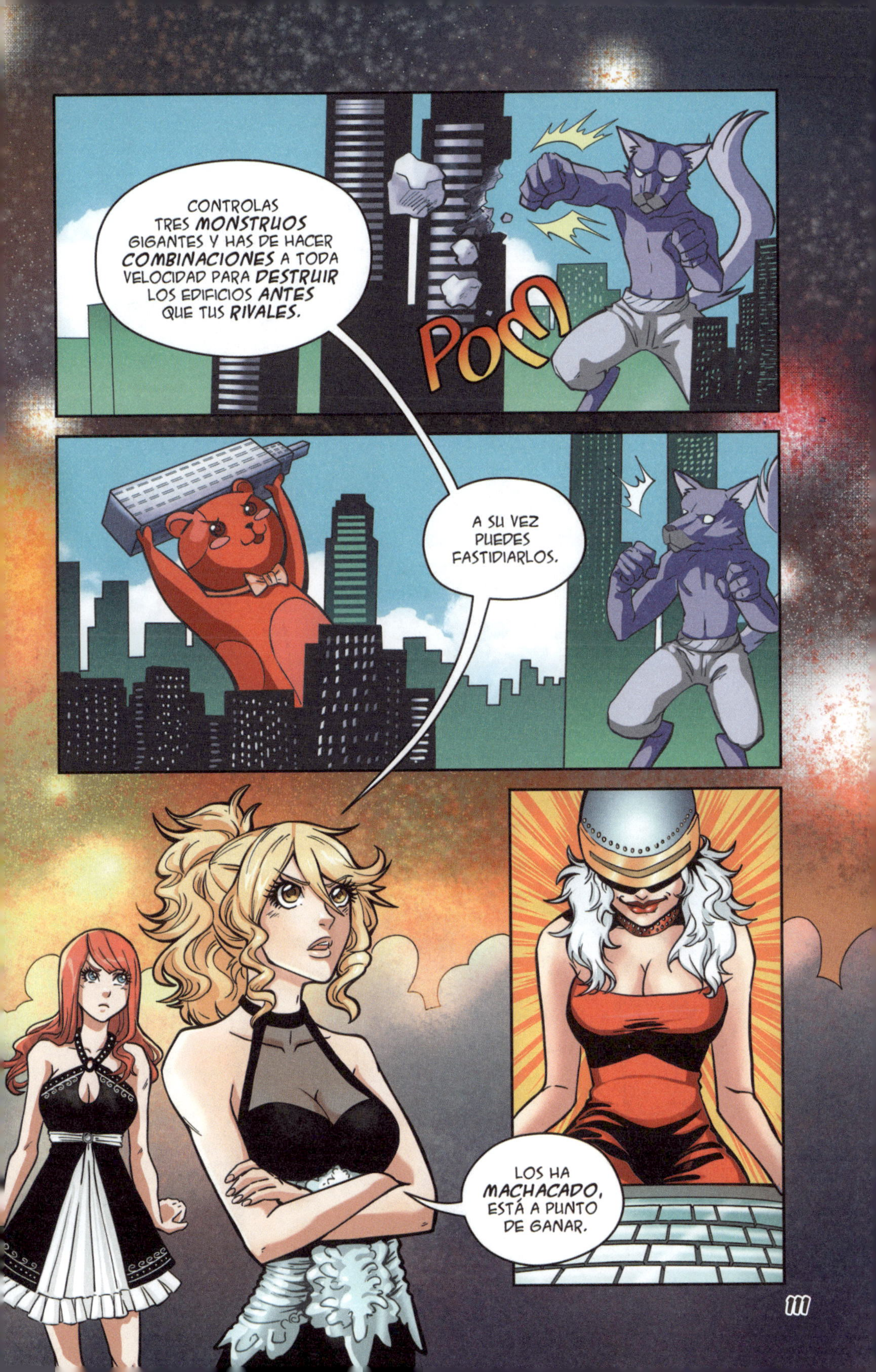
CONTROLAS TRES MONSTRUOS GIGANTES Y HAS DE HACER COMBINACIONES A TODA VELOCIDAD PARA DESTRUIR LOS EDIFICIOS ANTES QUE TUS RIVALES.
POM
A SU VEZ PUEDES FASTIDIARLOS.
LOS HA MACHACADO, ESTÁ A PUNTO DE GANAR.

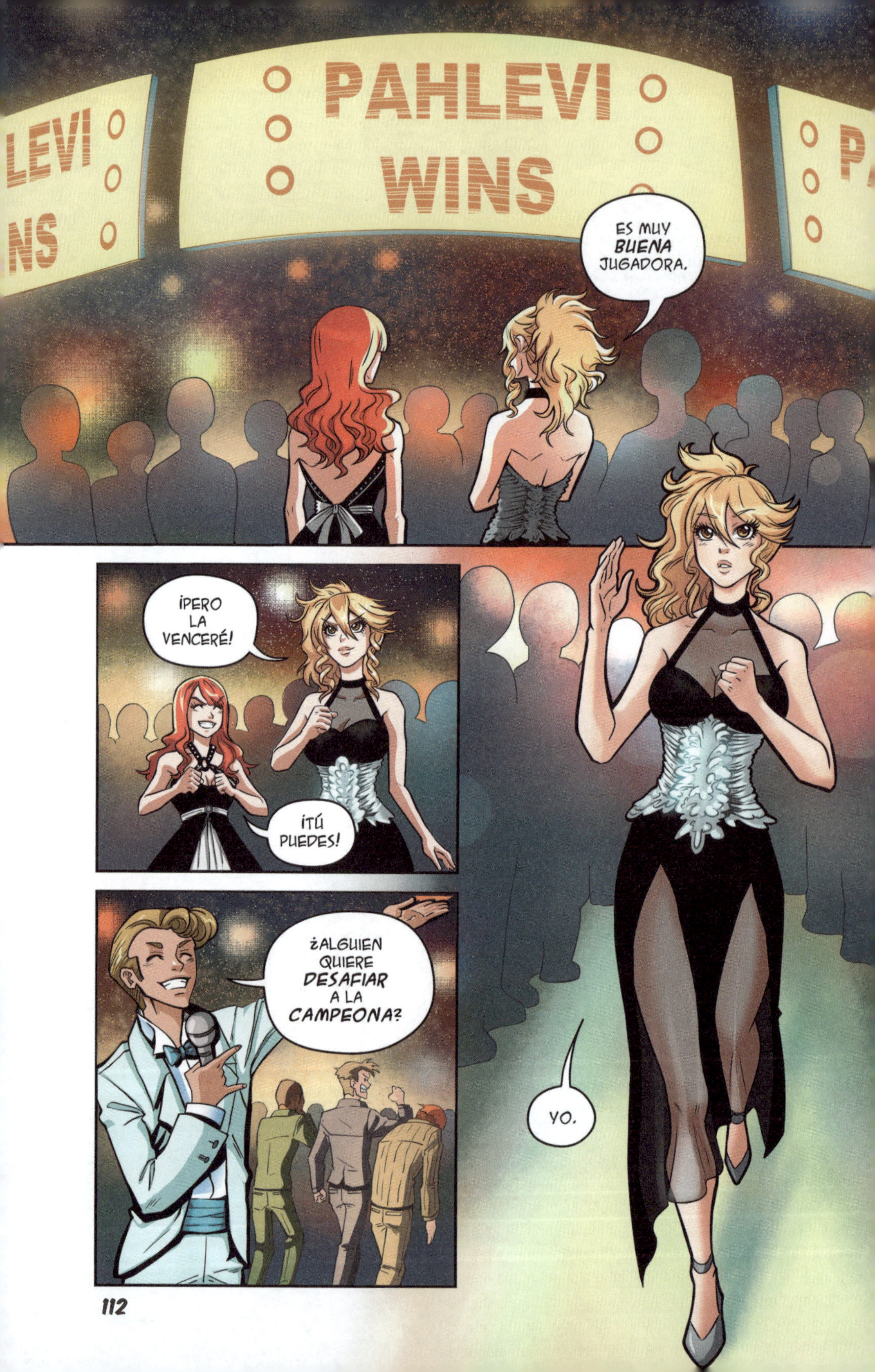
PAHLEVI
WINS
ES MUY BUENA JUGADORA.
¡PERO LA VENCERÉ!
¡TÚ PUEDES!
¿ALGUIEN QUIERE DESAFIAR A LA CAMPEONA?
YO.

Mientras Flynn se sentaba para jugar contra aquella mujer, Oli se quedó a su lado, adoptando un rol similar al del acompañante guapo de la señora, aquel tío que recordaba a Thor.

Pahlevi mantenía una mirada fría y una ligera mueca de asco, pero Flynn le sonrió, demostrándole que no se sentía intimidada.

«Primera partida», dijo la voz que surgía de aquella consola gigantesca de videojuegos provista con sistema de realidad virtual. «Hagan sus apuestas».

Pahlevi tecleó una cifra en su panel. Oli silbó al verla reflejada en la pantalla de apuestas.

—Eso parece mucho —dijo, sin saber transformar la divisa turcomana a dólares.

«Son cinco mil dólares», les informó Burakov.

—Los veo —dijo Flynn tecleando la misma cifra en su panel.

—Como pierdas, no sé de dónde vamos a sacar cinco mil dólares... —murmuró Oli.

—No perderé.

Los otros tres jugadores de la mesa también hicieron las mismas apuestas.

«Primera partida. Acción».

Flynn era una experta en videojuegos. Después de dormir, jugar era su ocupación principal en la vida. Además, antes de entrar en el hotel había ingerido una de las píldoras del Directorio XY para acelerar sus reflejos.

Sin embargo, *Trampage* tenía fama de ser un juego endiabladamente difícil. Te convertías en un animal gigante y tenías que derrotar a otros animales gigantes, el resto de jugadores conectados *online*, en el ámbito de una ciudad de rascacielos.

Cada golpe consumía tiempo y energía, así que debían medirse muy bien. A su vez, los edificios eran capaces de soportar una cantidad limitada de golpes. A partir de determinado número, primero caían las paredes, dejándote expuesto al enemigo, en segundo lugar podía derribarse el edificio entero, y fin.

En esencia, podían adoptarse dos estilos de juego: ofensivo o defensivo. El defensivo a nivel máximo consistía en esconderse en un edificio y dejar que los demás se mataran entre sí. El ofensivo máximo consistía en usar toda la fuerza y la energía para derribar edificios sin descanso. Para ganar había que inclinarse hacia uno u otro estilo de juego en función del que adoptaba el resto de tus enemigos. Más que fuerza y estrategia, pues, se requería mucha psicología.

Y esa psicología se podía desplegar de muchas maneras. Por ejemplo, hablando por el micro. Tu voz se oía en todo el juego. Tus enemigos podían escuchar tus amenazas, tus palabras persuasivas. Y en el caso de Flynn, las indirectas que iba lanzando para que Pahlevi ofreciera alguna pista sobre su vinculación a los Realistas. Si era así, el siguiente paso sería infiltrarnos quizá en su habitación de hotel, o seguirla... eso ya lo veríamos.

Sin embargo, el duelo duró poco. Flynn fue la segunda en caer. Y Pahlevi ganó la partida, llevándose consigo sus 5.000 dólares y otros 20.000 más.

«Segunda partida. Hagan sus apuestas».

Pahlevi era una jugadora muy atrevida. Sonrió aviesamente y pulsó la cifra de 20.000 dólares en el panel. Todo lo que había ganado.

—Si no hablaras tanto, quizá te iría mejor —le aconsejó a Flynn lanzándole una mirada retadora.

Thor negó con la cabeza. No parecía muy contento con la forma de hablar de Pahlevi.

Flynn no tardó en teclear también 20.000.

—¿Qué estás haciendo? —le susurró Oli.

—Confiad en mí.

«Eso espero, señorita Puentes», dijo Burakov, porque esa suma empezaba a ser difícil de cubrir en caso de que perdiera.

—Eres muy valiente —señaló Pahlevi bebiendo un sorbo de su copa de champán.

Flynn pidió un refresco al camarero que pasaba por allí.

—No necesitas demasiada valentía para apostar esa cifra cuando cierras negocios lucrativos con compañías químicas —sentenció Flynn sin mirarla a los ojos.

Pahlevi no sabía muy bien si se refería a ella o estaba hablando de negocios millonarios que Flynn firmaba a pesar de su edad.

—¿Tú también te dedicas a esa clase de negocios? —inquirió Pahlevi para asegurarse. Sin embargo, al decir «tú también» había dado la información sin darse cuenta.

—Quizás esta conversación sea un tanto indiscreta en público —objetó Flynn.

Pahlevi sonrió maléficamente. Le ponía de los nervios que Flynn le tirase de las orejas. Así que en la siguiente partida, Pahlevi fue mucho más agresiva.

Flynn no tardó en perder. Ni tampoco se lo pensó mucho al igualar la apuesta de la tercera partida: más de 100.000 dólares.

«Si pierde usted esta, no podremos pagar», le advirtió Burakov.

—He perdido a propósito.

«¿A propósito?».

—Sí, perder me ha servido para descubrir su tic cada vez que se marca un farol. Cuando parece que está defendiéndose, se humedece el labio inferior con la lengua porque en realidad se prepara para lanzar un ataque.

Como Verkan y yo estábamos a relativa distancia de la mesa, nos estábamos perdiendo todos esos detalles. Pese a todo, confiábamos en Flynn. Se pasaba tantas horas jugando que seguro que era capaz de captar faroles mejor que nadie.

Oli, por su parte, ya se había puesto las gafas oscuras con capacidad de rayos X. Con ella podría ver también si Pahlevi estaba armada. O su acompañante, Dominic Corben.

—Si os digo lo que estoy viendo ahora que puedo ver a través de la ropa de Thor, me censuráis —susurró.

—Ejem —dije yo.

Sin embargo, no pudimos seguir prestando atención a la partida. Nuestro objetivo era deambular por la sala, controlándolo todo. Y habíamos notado que algo andaba mal. Habíamos localizado a dos hombres corpulentos vestidos con trajes de Armani y gafas oscuras que también se fijaban mucho en nosotros. Creímos que quizá eran guardaespaldas de Pahlevi que no veían con buenos ojos que la miráramos tanto.

Pero todo empeoró cuando uno de ellos, con el pelo rapado al cepillo, se aproximó a Verkan hasta tomarlo por el hombro con su poderosa mano.

—Me puede acompañar, ¿por favor? —dijo el guardaespaldas empujando con firmeza a Verkan en dirección al aseo de caballeros. Verkan estaba tan asustado que se dejó arrastrar sin oponer ninguna resistencia.

Yo quise reaccionar rápido:

—Oye, ¿qué estás haciendo?

Pero el otro guardaespaldas me cogió también del hombro. Su mano me tenía agarrado como si fuera una trampa para osos, y eso hizo que me quedara paralizado por el miedo.

¿Qué diablos hacíamos creyéndonos James Bond? Solo éramos dos críos tratando con adultos con cuerpos musculosos y seguramente automáticas bajo la chaqueta.

De hecho, es algo que pude comprobar yo mismo al notar un bulto muy duro en mi costado.

Como no necesitaba hablar de forma audible para subvocalizar, informé a todos de lo que pasaba:

—¿Qué hacemos ahora? Se llevan a Verkan al lavabo. Y a mi lado hay un tío que parece que lleva un arma muy pepino.

Mientras nos pasaba todo eso, Flynn tenía verdaderas dificultades en el *Trampage*. Todo se nos había vuelto en contra. Solo esperaba que Burakov dijera por el subvocal algo parecido a «abortar misión» y que apareciera de la nada la caballería.

No fue lo que ocurrió, pero sí pasó algo parecido.

«Tengo una idea», dijo Ogro por el subvocal.

CAPÍTULO 9

ESTOY EN CAMINO.

Aquella noche descubrí que la mejor forma de zafarse de alguien que te está acosando es desconcertarle. Más eficaz que enfrentarse y defenderse era simplemente hacer algo tan sorprendente que el otro no supiera cómo actuar. Como llamarse tonto a uno mismo antes de que el otro te lo pueda llamar: entonces quedas blindado.

Eso es lo que pretendía Ogro al entrar en el eCasino por la puerta principal llevando una máscara con la cara de Verkan.

Avanzaba lento pero seguro por el salón principal, cruzándose a cierta distancia con nosotros, pero buscando a la vez el contacto visual con el guardaespaldas que me tenía retenido. Le podría haber guiñado un ojo o algo así, pero Ogro llevaba una máscara sin partes móviles... y además, si la examinabas de cerca, entonces estaba llena de imperfecciones. De lejos, sin embargo, sí que parecía su cara. Era como esos cuadros impresionistas que de cerca son puntos de colores sin sentido pero que a cierta distancia se convierten en un paisaje.

Ogro se dirigió hasta la puerta de los servicios donde habían metido a Verkan a la fuerza. Se quedó un momento quieto mirándonos desde la distancia.

Creo que el guardaespaldas que tenía a mi lado estaba alucinando, porque se suponía que Verkan estaba dentro de los servicios, convertidos en sala de interrogatorios improvisada. No obstante, había podido escapar de alguna forma y estaba allí, retándole.

El guardaespaldas me soltó para resolver aquella cuestión lo antes posible, dirigiéndose raudo al encuentro de su compañero. Ogro, entonces, se giró sobre sí mismo, abrió la puerta y accedió a los servicios. El guardaespaldas también cruzó el umbral de aquella puerta cinco segundos después.

¿Qué estaría pasando ahí dentro? ¿Con qué cara se quedarían ambos guardaespaldas al comprobar que había dos Verkan? ¿Y que uno de ellos en realidad llevaba una máscara impresa en 3D?

Oprimí el auricular del subvocal dentro de mi oído, para escuchar mejor alguna palabra de Verkan, pero solo me llegaban sonidos inconexos, jadeos y chasquidos. Y, de repente, silencio absoluto. Me temblaban las piernas y me había quedado clavado allí, sin atreverme a escapar o a entrar en los baños.

—¿Sabéis que Ogro está encerrado en el baño con dos guardaespaldas y Verkan y lleva la cara de Verkan impresa en 3D? —informé por el subvocal, un poco para resumirme a mí mismo la situación y asimilarla mejor.

«Maldita sea —gruñó Peary por el subvocal—, no he podido detenerlo. Aborta, Rubius, regresa a la furgoneta».

Y justo en ese instante, la puerta de los baños se abrió y apareció Ogro con la cara de Verkan junto al propio Verkan, que estaba un poco despeinado pero parecía sano y salvo.

—¿Qué ha pasado ahí dentro? —pregunté cuando ambos estaban a mi lado.

—No preguntes —se limitó a decir Verkan.

«¿Están ustedes bien?», preguntó entonces Burakov. Cuando se cercioró de que sí, volvió a centrarse en el otro canal de audio, en el que Oli y Flynn se estaban batiendo en duelo en el *Trampage*. Si perdía Flynn, sería imposible pagar la deuda.

«Volved a la furgoneta los tres —ordenó Peary—, no podemos llamar más la atención».

—Recibido —dije yo, y miré a Ogro—: Intenta no recurrir a la violencia la próxima vez.

—Demasiados juegos de lucha este último año —se limitó a decir, bajando la cabeza.

Ogro parecía muy diferente de la persona tímida y miedosa que había conocido en el Directorio XY y eso me preocupaba.

—Todos tenemos rachas de vicio —resolví—, pero el mundo real no es un videojuego. O al menos no siempre.

Hice aquella última puntualización porque me vi a mí mismo hablando como si fuera un profesor del Directorio XY. Lo que son las cosas.

¡VAMOS, FLYNN!
POM
¡YA SON TUYOS! ¡ESTÁS A PUNTO DE GANAR!
¡UY!
¡QUÉ REFLEJOS!
POM

¡QUÉ COORDINACIÓN!
ZAS
CRASH
FLYNN WINS
FLYNN WINS
FLYNN WINS
¡SÍ!

Nos habíamos quedado los tres allí plantados en medio del salón contemplando cómo Flynn le daba la paliza de su vida a Pahlevi. Había sido glorioso.

La banca pagó entonces una gran suma de dinero a Flynn.

—Somos millonarias —musitó Oli, sin poder creérselo.

—No tanto —objetó Verkan, todavía pálido por la situación que había vivido en los baños.

Pahlevi le dio la enhorabuena a Flynn, pero todas sus palabras las dijo entre dientes, porque mantuvo la mandíbula apretada, como un caballo mordiendo el freno.

Su pareja, el clon de Thor, le dedicó una media sonrisa seductora. Flynn ni se inmutó. Era guapo, sí, pero era necesario más que una sonrisa y unos bíceps de gimnasio para seducirla.

Pahlevi se levantó de la silla tratando de transmitir serenidad, pero en su forma de andar se adivinaba que la corroía la ira. Mientras se alejaba, además, miró a su alrededor para comprobar que sus guardaespaldas se habían esfumado, lo cual la enfureció todavía más.

«Parece que ha hecho usted una nueva amiga. O una enemiga —señaló Burakov por el subvocal—. Pero ahora ya no quedará tan raro que la invite a tomar una copa o algo así. Necesitamos una confirmación de que Pahlevi es quien parece ser».

Flynn miró a Oli. Tenía que moverse rápido, pues Pahlevi ya había desaparecido pasillo abajo. Tan rápido caminaba que había dejado atrás a su pareja, Dominic Corben.

—Será mejor que la dejéis irse a descansar —se interpuso entre Flynn y Oli.

—Solo pretendíamos invitarla a... —empezó Oli.

—La conozco muy bien. Cuando pierde tiene un humor de perros y necesita encerrarse en la habitación del hotel un par de horas. Ni siquiera permite que yo la moleste. Y es la primera vez que pierde por tanto, así que calculo cuatro horas. Quizá cinco. ¿Por qué no me invitáis a mí a esa copa?

Flynn y Oli vacilaron. Seguramente era la primera vez que un chico tan apuesto les sugería tomar una copa en un casino tan lujoso, pero tenían una misión por delante.

«Acepten la propuesta —les ordenó Burakov por el subvocal—. Tal vez podamos llegar más a ella a través de su pareja».

Oli carraspeó y dijo entonces:

—Con el dinero que hemos ganado, creo que lo mínimo sería invitarte a un banquete.

Dominic Corben le guiñó un ojo antes de responder:

—Una copa será suficiente.

Los tres desaparecieron pasillo abajo, hacia uno de los bares del eCasino.

—¿Qué hacemos nosotros? —le pregunté a Verkan, aunque la cuestión también iba dirigida a Burakov, a Peary y a cualquiera que pudiera estar escuchándonos por el subvocal.

—Pegarnos a ellas, no me fío nada de este tío de gimnasio.

Levanté una ceja escéptica.

—¿No te fías o es que te mueres de celos?

Verkan puso los ojos en blanco, pero finalmente admitió:

—Vale, las dos cosas.

«Nosotros controlaremos la conversación por el subvocal —intervino entonces Burakov—. La posibilidad de sacar información es muy alta, y no sería buena idea que ustedes interfirieran. Además, los guardaespaldas de Pahlevi no tardarán mucho en recuperar la consciencia».

—Aún tardarán bastante —dijo Ogro, y bajo su máscara de Verkan pude intuir que sonreía.

—Vale, vámonos —zanjé—, tampoco es buena idea que alguien me vea aquí plantado hablando a una voz imaginaria mientras me acompañan dos gemelos con la cara de Verkan.

—Muy gracioso —murmuró el Verkan auténtico.

***

Mientras permanecíamos en la furgoneta de Peary, todos nos mantuvimos atentos a las conversaciones que tenían Flynn y Oli con Dominic Corben. En parte lo hacíamos para asegurarnos de que estaban bien, y en parte para tomar nota de cualquier información que pudieran obtener de Pahlevi. En el fondo, aunque nadie lo dijera, Verkan y yo también controlábamos que el tal Dominic Corben no se propasara con ellas... aunque a quién quería engañar: Flynn y Oli podían cuidar muy bien de ellas mismas.

La cosa se puso interesante cuando Dominic se dejó de rodeos y, tras algunas frases amables y un pequeño flirteo, soltó lo siguiente:

—Se nota a un kilómetro que sois espías. ¿MI6? ¿CIA?

Hubo un prolongado silencio en el que supongo que los tres se estaban mirando fijamente a los ojos, como los vaqueros del Oeste para adelantarse al que desenfunde primero.

—No sigáis fingiendo —insistió Corben—. Ella no tiene muy desarrollado el sexto sentido para estas cosas, solo le interesan los videojuegos y el dinero. Por eso tiene a esos dos guardaespaldas tan brutos... a los que por cierto ahora no localizo. ¿Habéis tenido algo que ver?

—Bueno... —empezó Oli titubeante.

—No importa. Lo que importa es que me imagino lo que queréis de ella.

—¿Qué queremos? —preguntó Flynn siguiéndole el juego.

—No es dinero, porque hoy habéis ganado mucho. Es información. Y según algunas indirectas que habéis deslizado durante la partida de *Trampage*, deduzco que se trata de su última operación. Muñeco Diabólico.

Todos dimos un respingo. Seguramente, Burakov también.

—Eres muy observador —respondió Flynn.

—Soy químico, me han formado para ser observador.

—¿Por qué nos dices todo eso? —preguntó Oli.

—Porque no me gusta en lo que anda metida Pahlevi. Y porque estoy cansado de ella, harto. ¿Queréis saber más?

—¿Qué quieres a cambio? —volvió a preguntar Flynn mostrándose lo más ambigua posible.

—Solo una cosa —dijo Dominic Corben paladeando cada palabra—. Que le volváis a ganar, pero esta vez en el mundo real.

***

Mientras Peary conducía de nuevo hacia el hotel, no podíamos creernos todo lo que había largado aquel científico que debía de machacarse cada día en el gimnasio. Al parecer, estaba cansado de ser un hombre objeto viviendo bajo el capricho de Pahlevi. También estaba harto de que ella realizara inversiones poco legales pero, sobre todo, poco morales.

—Yo creo que nos ha contado tantas cosas porque se ha enamorado de nosotras —dijo Oli atusándose el cabello.

—Sí, somos irresistibles —la secundó Flynn también posando para unas supuestas fotografías de *paparazzis*.

—Ñe-ñe-ñe —dijo Verkan.

—A ver, sois muy guapas, pero... —empecé a decir yo.

—¿Qué pasa, Verkan? —le preguntó Flynn en tono desafiante—. ¿Tú no nos ves guapas?

—Eso no importa ahora. Ese tío os lo ha contado todo porque está harto de esa mujer insoportable. Sabe de ciencia, habrá hecho sus averiguaciones, y se habrá dado cuenta de que esos negocios no eran para nada buenos. Meterse él habría sido sospechoso, pero si os metéis vosotras, mataba dos pájaros de un tiro: al Muñeco Diabólico y a la maldita Pahlevi.

—O sea, que nos ves guapas —resumió Flynn dándole un exagerado abrazo que acompañó con una carcajada.

Oli y yo nos miramos, como si tocara hacer lo propio, pero nos quedamos quietos y nos ruborizamos.

Ogro se rio también a carcajadas. Tal vez de Verkan y Flynn, o tal vez de Oli y de mí. No importaba. Lo importante era que volviese a reír.

—Y ¿tú qué opinas, Ogro?

—Pues... que creo que Dominic Corben es un hombre inteligente que se sentía acomplejado con Pahlevi, que solo estaba con él por su cuerpo.

—Y ¿dónde está el problema con eso? —preguntó Verkan, que ya se había zafado del abrazo de Flynn.

—Bah —dijo ella chasqueando la lengua—, cómo se nota que no eres una chica.

«Equipo —anunció entonces Burakov por el subvocal—. Enhorabuena por su misión. Ha sido una operación muy delicada pero han sabido salir airosos. Son ustedes mis mejores alumnos».

—Mis mejores alumnos, querida —matizó Peary sin dejar de conducir.

«Bien, quedemos en que han sido alumnos de ambos. La cuestión es que Corben ha mencionado varios nombres y pistas. Ya sabemos que Pahlevi es la persona que buscábamos, pero ahora podríamos ir mucho más allá con toda la información que estamos cotejando en la Deep Web junto a Wall y Jusaka».

—¡Ni James Bond, *man!* —exclamé entrechocando el puño con Ogro—. Usted díganos qué más necesita. ¿Alguna otra infiltración? ¿Colocar algún dispositivo de escucha a Pahlevi? Estamos a punto.

«Mañana es día lectivo, lo que quiero es que mañana sigan ustedes las clases».

¿Qué? ¿Ir a clase en mitad de una misión tan importante?

«Si Tim no me contradice, creo que hay un puerto de conexión en Asjabad para recibir clases virtuales de Gamedonia. Necesitamos tiempo para ordenar toda la nueva información. De momento, se alojarán ustedes en el hotel y mañana acudirán a clase con normalidad».

Esto no le pasaba a James Bond. Ni a Ethan Hunt. Ni a Jason Bourne. Ni a Jack Bauer.

CAPÍTULO 10

Las averiguaciones de Robin y Yumi no se hicieron esperar. Nuestro próximo destino iba a ser una ciudad llamada Lagos, en Nigeria. Sin embargo, mientras concretaban los detalles, teníamos clase. Afortunadamente, las clases en Gamedonia no siempre eran un rollo. De hecho, habíamos pasado de vivir una situación de tensión y estrés en el mundo real a experimentar una muy similar en el mundo virtual. Porque, tras conectarnos al puerto Byron, tuvimos que asistir a la clase de Superación del Miedo.

En esta asignatura debíamos someternos a situaciones estresantes para entender los mecanismos que producen estas sensaciones a los jugadores. De esta forma, pretendían que fuéramos capaces de desarrollar videojuegos lo bastante terroríficos.

En esta clase, como es natural, nadie lo pasaba bien. Por ejemplo, si tienes fobia a las serpientes, no te apetece que una se deslice por tu brazo. Si tienes vértigo, intentas evitar los lugares muy elevados. Pero en Superación del Miedo debíamos responder a cuestionarios que dejaran aflorar nuestros temores más secretos para que, acto seguido, los simuladores virtuales explotasen esos datos.

Aquella fue la primera vez que contemplé cómo la férrea seguridad de Verkan se hacía añicos. Ya había ocurrido en otras ocasiones, pero este momento fue especial para mí porque estoy seguro de que solo yo lo presencié.

Fue un instante muy sutil, y dudo que nadie más se hubiera dado cuenta, pero yo lo hice, y eso, lejos de propiciar que le perdiera el respeto a Verkan, hizo que le contemplara como alguien más real, más cercano. Después de todo, hasta las personas que parecen muy distintas a nosotros al final se nos asemejan mucho más de lo que creíamos.

Todo ocurrió cuando Verkan se tuvo que enfrentar, según las encuestas, a su peor miedo. Un gato. Seguro que os estáis imaginando un gato enorme, como el gatazo de Tim Peary, pero mucho más grande, estilo Godzilla. O un millar de gatos correteando alrededor de su cuerpo. Nada de eso. La experiencia felina que tuvo que tolerar Verkan fue mucho, mucho más inquietante. Se trataba de un gato del tamaño de un dedal. Era exactamente igual que un gato doméstico de color negro, pero tan pequeño que podía subirse a tu hombro, recorrerlo hasta llegar a tu cuello, escalar por tus labios e incluso colarse por una de tus fosas nasales. Y todo eso fue justamente lo que tuvo que tolerar Verkan sin moverse. Y, además, disimulando frente a nosotros su miedo.

Solo yo fui capaz de detectar entre aquel esfuerzo por mantener una sonrisa relajada cómo por un segundo, solo uno, aflojaba los labios y en sus ojos asomaba la preocupación y el miedo. Recuperó enseguida la sonrisa, pero fue suficiente para darme cuenta de que Verkan no era un robot, sino un chaval de carne y hueso con sus debilidades. Creo que él también se dio cuenta de que yo había sido el único testigo de su pequeña debilidad, y fruto de ello surgió entre nosotros una mayor complicidad. O, al menos, eso esperaba que sucediera.

—Estoy a punto de estornudar —dijo con voz queda para disimular.

Esta experiencia también hizo que una semana más tarde, durante nuestro viaje hacia Lagos, me planteara hasta qué punto Verkan era mi amigo. Lo era, sin duda, pero ¿mucho o poco? Casualmente, justo en esos momentos, el WatchFriend de nuestro antebrazo se activó. Ya había realizado todas las mediciones necesarias. Tenía a Verkan justo delante en el asiento cuando mi tatuaje electrónico emitió una tenue luz verde.

Verde significaba *check* positivo. Es decir, que según WatchFriend, Verkan era alguien potencialmente interesante para ser mi amigo.

—*What the fu...* —empecé a decir.

—Eso mismo digo yo —repuso Verkan.

—Pensaba que tu aparato funcionaba.

—Y funciona.

—Pues según esto deberíamos ser colegas.

Verkan frunció el ceño, examinando más de cerca el tatuaje electrónico.

—Sí, sorprendentemente sí. No aparecen unos valores de concordancia demasiado altos, pero sí lo suficiente como para que confirme una amistad.

—Voy a probarlo con los demás —dije para confirmar si aquel trasto funcionaba en condiciones. Al aproximarme a Flynn, apareció otro *check* positivo, y los valores de afinidad eran ligeramente más altos que con Verkan. Al aproximarme a Oli, los valores se dispararon: era la persona más afín conmigo de los tres. No cabía duda, el WatchFriend funcionaba. Y Verkan era mi colega.

Parecía que el WatchFriend confirmaba nuestras intuiciones. Flynn y Verkan tenían que estar juntos. Oli y yo, tanto de lo mismo. Sin embargo, cuando miré a Ogro me sentí mal por él. No solo carecía de uno de los tatuajes electrónicos de Verkan, sino que no era capaz de saber dónde podía encajar. Era mi amigo, claro, pero también era un personaje solitario, y además mostraba extraños brotes de violencia tras haberse pasado tanto tiempo encerrado.

Como el viaje era largo e íbamos a dormir para recuperar fuerzas, propuse a Oli que Ogro durmiera en nuestra parte del vagón, junto a nosotros. Oli se mostró encantada con la idea.

—¡Ogro! —exclamó—, acuéstate en estos asientos. Queremos contar historias de terror para dormirnos, ¿te apuntas?

—Sí —respondió Ogro con tono vacilante. Aun así, creí que sonreía detrás de su máscara (afortunadamente, ya se había quitado la de Verkan, que me resultaba muy perturbadora, y ahora llevaba la suya original).

Mientras Flynn y Verkan estaban en el otro extremo del vagón cuchicheando, y a saber qué más estaban haciendo, nosotros nos acomodamos para contar las historias más terroríficas que conocíamos.

—Pues una vez, en un bosque de Bergen —empecé yo con voz tenebrosa—, escuché una voz que me llamaba. Parecía la de un fantasma.

—¿Decía «Rubius, Rubius»? —dijo Oli con voz ululante.

—No, claro que no, decía «Rubén, Rubén».

Oli torció el morro.

—Pues vaya fantasma, que no conoce ninguno de tus productos del Taller 3D.

—Es que eso pasó mucho antes de nuestra visita al Directorio XY.

—Igualmente es un fantasma cutre, porque podría tener algún poder para ver el futuro... Tú mismo tienes un portátil para ver el futuro.

Recordar mis vídeos proféticos sobre lo que le iba a pasar al mundo y muy particularmente lo que le podía pasar a Oli, hizo que se me cortara de repente el rollo.

Entonces, Ogro intervino:

—Yo no creo en los fantasmas porque a veces creo que yo soy un fantasma. ¿Habéis visto la película *El fantasma de la ópera?* Va de un hombre que se esconde siempre y lleva una máscara. La he visto muchas veces porque me siento muy identificado con él.

—¿Porque tú también te escondes y llevas una máscara? —preguntó Oli.

—Eso es lo más evidente, pero hay más cosas —repuso Ogro, que ya no solo había dejado de tartamudear, sino que cada vez hablaba con más fluidez—. Cuando vives tanto tiempo escondiéndote, asumes que tu lugar está en las sombras.

Suspiré, porque yo también me sentía un poco identificado.

—Pensar eso es normal —le dije—, pero nadie está condenado a ser siempre de la misma manera o vivir de la misma forma. Todos podemos cambiar, evolucionar. Yo también lo he hecho. Y si yo lo he hecho, tú puedes hacerlo.

Estuvimos hablando gran parte del viaje, y yo conté mi historia de fantasmas. Oli, después, contó una suya. Y mientras Ogro narraba un cuento infantil que solía recordar para dormirse, nosotros fuimos los que nos quedamos dormidos.

¡YA TENÍA GANAS DE SALIR DEL PISO FRANCO! ¿CUÁNTOS DÍAS LLEVAMOS AHÍ METIDOS?
TENEMOS QUE SER PRECAVIDOS.
PODRÍAMOS HABER HECHO UN POCO DE TURISMO.
¡ESTO ES UNA LOCURA! ¡LAGOS NO TIENE NI PIES NI CABEZA!

ESTO ES LA PRIMERA MEGALÓPOLIS ORGÁNICA DEL MUNDO.
¿ORGAQUE...?
BROOOM
UNA CIUDAD QUE CRECE SIN NINGUNA PLANIFICACIÓN URBANÍSTICA.
¿QUE SE NECESITA UN HOSPITAL? PUES SE CONSTRUYE EN EL PRIMER HUECO QUE HAYA.
AQUÍ LOS GPS SON INÚTILES.
HA HABIDO ATASCOS DE MÁS DE 26 HORAS, ES UN CAOS.

—Buf, vaya tráfico —resoplé.

—El peor del mundo —nos confirmó Peary tocando el claxon y señalándonos que aquella ciudad de Nigeria había pasado de tener solo doscientos mil habitantes en 1950 a casi veinte millones en la actualidad—. Aquí van poniendo las calles y los edificios sobre la marcha, hasta los taxistas se pierden.

Debido también a la superpoblación y al colapso de los desagües, Lagos está literalmente hundida en el agua en determinadas zonas, como una especie de Venecia.

—Pues que se llame Lagos le viene bien —dijo Flynn—, porque todo parece un lago negro de basura.

—Me recuerda a la película *Blade Runner* —apuntó Verkan poniendo de manifiesto su cinefilia.

Además de ser un caos en las calles, todo funcionaba bastante mal en general en Lagos. La luz se iba continuamente. La noche anterior, por ejemplo, me había tenido que duchar con agua fría, porque sin electricidad ni siquiera hay agua caliente.

Afortunadamente, la fábrica que debíamos investigar a raíz de los datos que nos había dado la Deep Web estaba en una zona bastante tranquila. Peary estacionó en la puerta y nosotros nos apeamos de la furgoneta como agentes secretos, mirando a un lado y a otro.

—Parece que la fábrica está abandonada —señalé yo cuando me aproximé a la puerta.

«Según los registros lleva seis meses inactiva —nos informó Burakov por el subvocal—. Ahora la señorita Jusaka y el señor Wall están en clase, pero los monitorizaré yo desde mi despacho. Tengan cuidado».

Me resultó casi cómico que ahora Burakov estuviera tan preocupada de nuestra integridad física cuando hacía un año nos perseguía para cazarnos a bordo de estrafalarios vehículos steampunk. La de vueltas que da la vida.

Flynn empujó con el hombro y la puerta cedió con un chirrido.

Avanzamos por un pasillo en penumbra. Cada paso resonaba creando ecos. Parecía que estábamos en un videojuego de terror.

—Creo que es por aquí —dijo Oli señalando una sala.

Flynn se puso en cabeza, abrió su portátil y trató de conectar con todo el sistema informático de las consolas que había en el fondo de aquella sala de unos cien metros cuadrados.

—¿Captas algo? —pregunté, toqueteando algunos botones sin éxito. El sistema informático parecía muerto.

—Dame cinco minutos.

—Tienes cuatro —repliqué, en parte porque creo que era el tipo de frase molona que diría el protagonista de una película de acción.

Mientras ella trabajaba, me asomé por las ventanas de la sala, que ofrecían una vista panorámica de un gran laboratorio. Daba la impresión de que todo estaba a medio recoger, como si los científicos hubieran huido de allí apresuradamente.

—Esta planta química ha estado funcionando hasta hace muy poco —nos informó Flynn mientras repasaba las lecturas en su ordenador—. Está todo bastante protegido, pero he abierto algunas contraseñas. Al parecer, es una prueba Beta. Seguramente hay más en otros lugares del mundo. Pero aquí no se han fabricado virus. Al menos no lo que estamos buscando.

Entonces se oyó un chasquido metálico en la lejanía, en el otro extremo del pasillo.

—Vámonos ya —susurró Verkan con un ligero temblor en la voz.

—Un poco más, creo que estoy encontrando algo gordo en un archivo encriptado del jefe de equipos del laboratorio.

Me asomé al pasillo. No había nada. Otro chasquido en la lejanía, sin embargo, me convenció de que quizá no estábamos solos.

—¿Ya lo tienes? —la apremió Oli, acercándose a Flynn.

—Buf, tengo algo, sí, esto es muy raro... ¿conocéis un país de hierro en la costa de Inglaterra?

—¿Un país de hierro? —preguntó Verkan negando con la cabeza—. Eso es imposible.

SEA IMPOSIBLE O NO, DEBEMOS IR.
UPS.
¡ALTO!

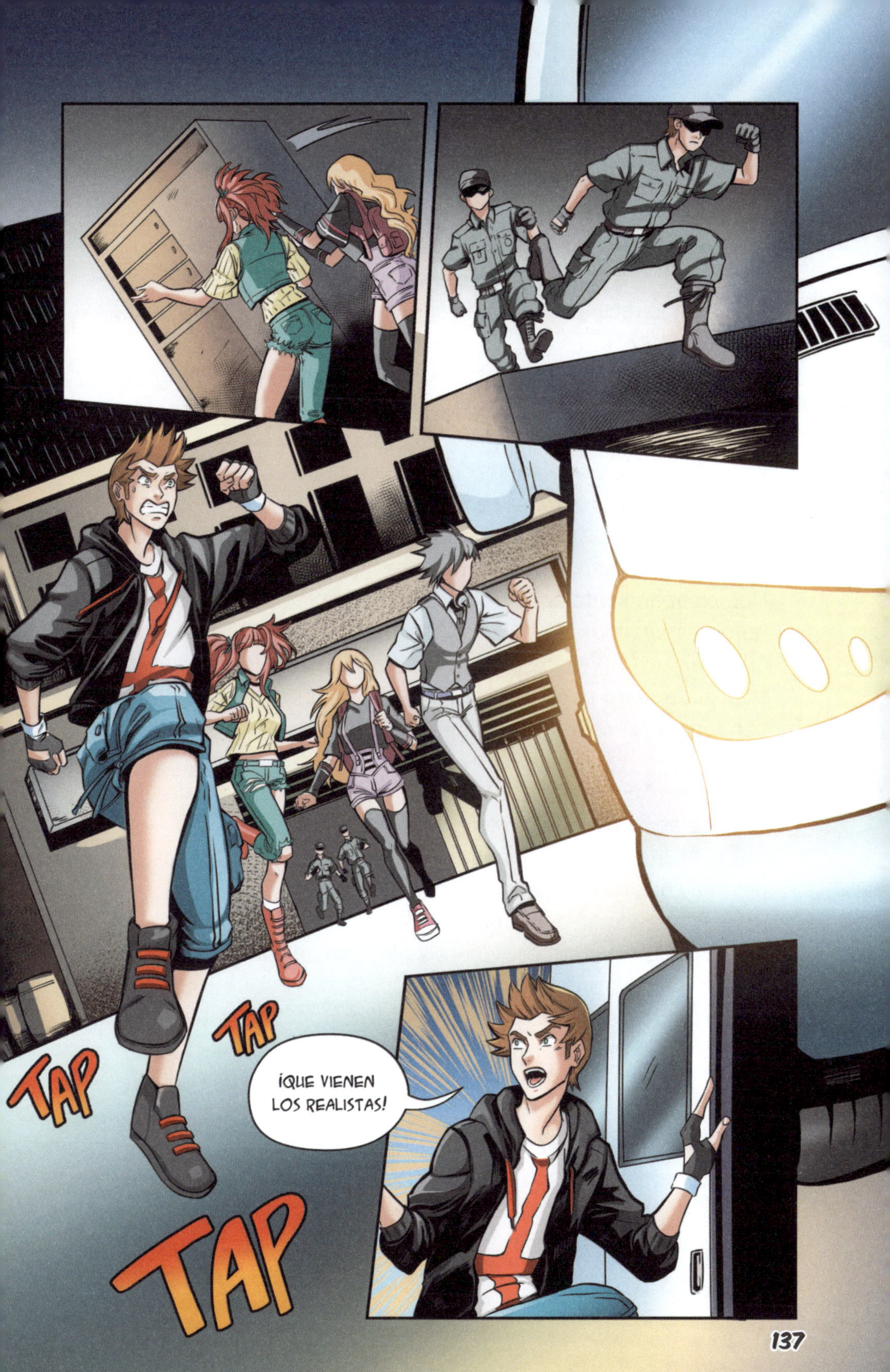
TAP
TAP
TAP
¡QUE VIENEN LOS REALISTAS!

CAPÍTULO 11

«No son Realistas —nos informaba Burakov por el subvocal mientras Peary conducía la furgoneta a toda velocidad—. Ni siquiera creo que trabajen para los Realistas, al menos no directamente. Más bien parece un cuerpo de seguridad privado, quizá vigilaban el laboratorio».

—Pues eso no me consuela —farfulló Peary al volante—, parecen muy peligrosos.

«Y no estáis solos, Tim. Detecto una alerta policial. En breve vais a tener varias unidades detrás de vosotros».

—¡Eso aún me consuela menos!

Yo me asomaba por la ventanilla trasera, flipando en colores. Ahora sí que parecía que estábamos en mitad de una película. Nos pisaban los talones un par de motocicletas conducidas por hombres vestidos de negro y cascos opacos, y un todoterreno que era... un Chrysler Annihilator con puertas de doble hoja y plataforma trasera oculta bajo una capota, con tapacubos de lujo, con más de cuatrocientos caballos de potencia, con tapicería de cuero...

—No te estarás encantando con el coche. —El grito de Oli me sacó de aquella hipnosis temporal.

—Ah, no, no, pero es que es un cochazo... Son los malos, vale, pero hay que reconocer que tienen estilo, ¿no?

Oli se encogió de hombros.

—No lo entiendo, si al menos fuera un unicornio rosa entendería más la sorpresa y la admiración.

—Chicos, estoy comprobando las matrículas —intervino entonces Flynn mientras aporreaba su portátil—. Son Blackwater.

—Y ¿eso qué es? —pregunté yo—. ¿Una banda de heavy metal?

—No, idiota —me replicó Verkan haciendo un ademán de desesperación—. Es un equipo de élite, mercenarios, excombatientes de fuerzas especiales de gatillo fácil. Muchos gobiernos del mundo contratan sus servicios. Lo vi en un documental, su arma favorita es la carabina M4, capaz de disparar entre novecientas y mil balas por minuto.

Tragué saliva, mirando a Oli alarmado. De repente me vino a la cabeza mi vídeo profético en el portátil taquiónico. Tantas armas no podían traer nada bueno.

—Deben de haber llegado casualmente a la factoría justo cuando estábamos nosotros. Tal vez querían hacer desaparecer alguna prueba —continuó Flynn—. Voy a intentar desencriptar la información que he obtenido de los servidores del laboratorio. Cruzad los dedos.

Los cláxones sonaron a nuestro alrededor mientras rebasábamos a un par de camiones y diversos coches empleando el arcén. Los neumáticos chirriaron y sacaron humo.

—¿Este trasto no puede correr más? —grité.

—¿A qué llamas trasto? —replicó Peary lanzándome una mirada fulminante por el espejo retrovisor—. Voy a usar uno de mis trucos.

La furgoneta aceleró, abandonó el arcén y se introdujo a toda velocidad por una calle peatonal llena de tiendas que exponían su mercancía sobre la acera.

Todos empezamos a gritar mientras se formaba a nuestro alrededor un caos de productos y marcas. Las cajas de palomitas de Paul Newman se abrieron y dejaron escapar todo su contenido en forma de maíz preparado para microondas. Los tarros de salsa para nachos giraron sobre su propio eje antes de estrellarse contra el parabrisas. Estallaron diversas bolsas de patatas onduladas con sabor a jamón. Y sobre todo volaron por doquier puñados de frutas de todos los tipos.

Peary abandonó aquella calle llena de obstáculos y derrapó peligrosamente rozando las puertas acristaladas de una tienda, que se hicieron añicos. También saltaron por los aires pellizcos de hormigón de las paredes.

Sin duda, la querida furgoneta de Peary iba a necesitar también una buena dosis de chapa y pintura.

—¡Ja! —exclamó Peary, satisfecho de su maniobra alocada—. ¿Os ha gustado?

Pero los Blackwater no tardaron en situarse de nuevo detrás de nosotros. No íbamos a perderlos tan fácilmente.

—Madre mía, lo que estoy descubriendo aquí —exclamó Flynn sin dejar de teclear en el portátil: estaba tan concentrada que no era consciente de lo peligrosa que era aquella persecución—. Habían borrado el disco duro de uno de los directores del laboratorio, pero he logrado recuperar algunos fragmentos. Unos fragmentos muy, muy jugosos. Atención, chicos, porque esto se pone más interesante... Creo que puedo encontrar la ubicación de un Realista. ¡Por fin!

—Esos son los malos —rezongó Verkan, que cada vez parecía menos convencido de ser un hombre de acción.

—¿Aquí en Lagos? —pregunté yo agarrándome con fuerza al asiento para no salir despedido tras un giro brusco de Peary, aunque no tuve mucho éxito.

—Uf, no, un sitio todavía más raro.

Fingí que echaba un vistazo por las ventanillas.

—¿Más raro que esto? Me cuesta imaginarlo...

—El país de hierro que os he dicho antes, que está frente a las costas de Inglaterra.

Enarqué una ceja.

—¿Estás de coña? Eso no existe, suena a cuento de hadas.

Pero antes de que pudiéramos seguir nuestro debate, Oli refunfuñó y dijo que ya bastaba, que se había cansado de huir. Y nada más decir esas palabras, desenfundó una de las pistolas de grumo paralizante, sacó medio cuerpo por la ventanilla con la flexibilidad de un contorsionista de circo y disparó a los Blackwater.

Los dos primeros tiros fueron fallidos, pero el tercero y cuarto dieron en el blanco. El primer motorista salió disparado por los aires, hasta estrellarse contra el suelo. El segundo corrió peor suerte y perdió el control, entrando a toda velocidad en un centro comercial.

Me di perfecta cuenta de que Oli sabía cuidar de sí misma, pero igualmente los Blackwater no tardarían en responder al fuego. El suyo seguro que era letal.

—Oli, espera, ahora me toca a mí —le grité en tono épico—: ¡Rubius al rescate!

Saqué un pequeño dispositivo de la maleta del equipo del Directorio XY y la lancé por la ventanilla. ¡Bang! Todos nuestros perseguidores empezaron a quedarse atrás. Les había lanzado una granada de ondas electromagnéticas que era capaz de cortocircuitar los sistemas eléctricos de cualquier aparato. Incluido el de ese flamante Chrysler de color negro.

—¡Yuhuu! —exclamó Peary, estábamos a salvo.

«¡Cuidado!», tronó justo después Burakov.

En la siguiente calle, nos esperaban cinco unidades de la policía dispuestas a cortarnos el paso.

Peary pisó aún más el acelerador, giró el volante bruscamente y enfilamos un estrecho callejón que nos permitió conectar con una avenida libre de policía. Lagos era como un laberinto, y nosotros los pobres ratones.

—Peary es el amo conduciendo —aplaudí alucinado—, cómo se nota que se ha pasado la vida con videojuegos.

Entonces la cosa se puso peor. Varias unidades de la policía se unieron a la persecución, haciendo sonar sus sirenas ululantes. Sin duda estaban con los Blackwater. Quién sabe, quizá incluso habían comprado a la policía. O a la inversa. Tampoco me preocupaba mucho de dónde iban a salir las balas que podían acribillarnos, sino la posibilidad de que eso sucediera.

—Ahora es mi turno —dijo entonces Ogro con voz grave y segura de sí misma.

—Ay —no pude evitar murmurar mirándole de reojo.

¡DATE PRISA EN LO QUE SEA QUE VAYAS A HACER!
POLICE
ESTOY EN ELLO.
YA CASI ESTOY.
YA CASI ESTOY.

BROOOOM
CRASH
CRASH
POLICE
¡TOMA! ¡BIEN HECHO, OGRO!

«Tim, ¿estáis todos bien?», preguntó Burakov, alarmada.

—Si lo que nos pregunta es si estamos vivos, la respuesta es sí —respondí yo mientras me palpaba todo el cuerpo para comprobar que no me faltaba ninguna extremidad.

—Pero bien, bien, tampoco estamos —matizó Flynn, que seguramente a estas alturas ya tenía ganas de meterse en una cama y dormir doce horas seguidas.

—Menos mal que en Lagos los atascos de tráfico son una locura, o no salimos de esta —dijo Verkan comprobando por las ventanillas que, en efecto, estábamos a salvo.

Peary logró salir de aquel laberinto de calles y enfiló por una autopista que nos empezó a alejar de Lagos. Había protagonizado una persecución. Una de verdad. Como en las películas. Todavía no podía creérmelo. *Oh, my God!*

Entonces me acordé de una cosa.

—Por cierto, Flynn, ¿qué era eso que has dicho de un país de hierro? ¿Te lo has inventado para que no pensáramos que estábamos a punto de palmarla?

Ella negó con la cabeza sin dejar de comprobar los datos que se había descargado del servidor del laboratorio. Fue entonces Burakov quien nos explicó por el subvocal que había estado buscando algún posible país de hierro, y que lo había encontrado.

«Ese país existe. Bueno, no es exactamente un país. Su rey quiere la independencia y aspira que sea un país, pero aún está batallando legalmente para lograrlo».

—Entonces, ¿existe? —insistió Oli.

«Se llama Sealand. Y es de hierro. Y tiene rey. Y moneda propia. Lo malo es que solo tiene quinientos metros cuadrados».

—¿Qué? —exclamé yo—. ¿Un país de hierro que solo mide quinientos metros cuadrados? Eso sí que no me lo trago. Allí no debe de caber nadie.

«Solo vive el rey, la reina, los príncipes y... el Realista que, al parecer, estaba colaborando en los experimentos del laboratorio que acaban ustedes de visitar».

—He interceptado más correos ya borrados entre el Realista y el jefe de laboratorio —habló entonces Flynn—. Ese Realista es un científico, se llama Hexa Dal. No estoy muy segura de por qué le cuenta cosas tan íntimas, parece que eran amigos, porque en uno de los correos le dice que recomienda buscar un lugar seguro para su familia en alguna isla, o bajo tierra. Hexa Dal se define a sí mismo como un renegado y un impío porque estaba empezando a usar tecnología humana. También dice que ya no quiere acabar con el mundo. Y que se aísla en un país de hierro. Repite lo del país de hierro varias veces, no tiene pérdida. Lo que no sé es por qué Hexa Dal se ha marchado allí. Ni hasta qué punto el virus ya está desarrollado. Ni cuándo se lanzará. Volvemos a estar en un callejón sin salida.

Hubo un prolongado silencio en la furgoneta. Peary continuaba conduciendo. Lagos iba quedándose atrás y ya solo se recortaba en el horizonte.

—Esto cada vez es más gordo —suspiró Peary.

—Voto por irnos a casa —murmuró Verkan.

Flynn continuaba tecleando en su portátil. Burakov nos ofrecía por el subvocal algunos detalles más sobre Sealand, aunque creo que nadie le estaba ya prestando demasiada atención.

—A ver... —intervine yo entonces para aclararme las ideas—, estás sugiriendo que ese tío, el Realista, no es humano, que se ha arrepentido del proyecto Muñeco Diabólico y que, por alguna razón, ha escapado a un lugar muy aislado. Un país de hierro de poco más de dos pistas de tenis en mitad del mar. ¿Me he olvidado de algo?

«Sí, señor Doblas, se ha olvidado usted de lo más importante. Que ahora mismo van a partir hacia Sealand. Necesitamos interceptar a Hexa Dal lo antes posible».

CAPÍTULO 12

Me hubiera gustado abrir mi portátil para grabar uno de mis vídeos. Empezar diciendo algo así:

—Hola, criaturitas del señor, estoy ahora mismo volando en un tren a velocidad supersónica hacia un país inventado del tamaño de un escupitajo en mitad del mar, muy cerca de la costa inglesa.

»Ah, y es un país de hierro, sí, porque en realidad antes era una plataforma de defensa construida por los ingleses en la Segunda Guerra Mundial. ¿A que mola? Se construyeron varias de estas plataformas, pero al acabar la guerra quedaron abandonadas. Los hippies de los años sesenta se fueron allí a vivir durante largas temporadas para escuchar rock and roll, que estaba prohibido el Inglaterra. Y cuando pasó la moda hippy, todos volvieron a casa menos uno, un tal Roy Bates, que se quedó a vivir en una de las plataformas y dijo que ese sería su nuevo país. Lo llamó Sealand.

Hubiera quedado un vídeo increíble. Aunque también valoré la idea de que quizá lo más apropiado era grabar vídeos avisando a mi yo del futuro de lo que estábamos haciendo para que me respondiera desde allí. Tenía un portátil taquiónico, no era tan difícil hacer algo así, ¿no?

Sin embargo, estaba viviendo una aventura tan increíble que no hice nada de todo eso. Quería exprimirla al máximo. Concentrarme en mí y en el presente. No tenía la necesidad de explicar en un vídeo lo que me pasaba, ni necesitaba buscar respuestas en el futuro, o en el pasado. Solo estaba en momento presente. Centrado en mí. Y en Oli. Y en Flynn. Y en Verkan.

Ellos eran los que importaban. Eran mis amigos. Además, era algo que había confirmado el WatchFriend de Verkan. Y, aunque Ogro no estuviera provisto de WatchFriend, también sabía que él era mi amigo.

Aquellas eran las cosas importantes. Y las cosas importantes hay que disfrutarlas con los cinco sentidos.

Así que, durante aquel viaje desde Lagos en Nigeria hasta Sealand en el mar del Norte, simplemente disfruté de ellos, del momento. Hubiéramos tenido que dormir algo, pero estábamos demasiado excitados como para tener sueño. Me consta que Peary roncaba en la cabina de mando (afortunadamente el tren tenía piloto automático), pero Peary no era un adolescente con las hormonas a mil.

Era como si estuviéramos en un interraíl, esos viajes sin descanso en tren recorriendo media Europa, pero surcando el cielo... y abarcando medio mundo.

—Mirad —dijo entonces Flynn mostrándonos la pantalla de su portátil—, he encontrado imágenes de los dólares silándicos. Y también de los sellos. Y la bandera. No sé si es un país, pero lo parece.

—Eso me recuerda el día que nos conocimos en este mismo tren, de viaje al Directorio XY, ¿te acuerdas? Cuando leímos aquella tarjeta donde se hablaba de lugares rarísimos que parecían inventados pero que eran de verdad.

—Es cierto... —suspiró Flynn—, en la tarjeta también nos tendrían que haber hablado de Sealand. Porque esto sí que supera cualquier videojuego.

—Y luego me conociste a mí —Oli me abrazó, fingiendo que se ponía celosa—, descubriste cosas aún más extraordinarias del mundo real.

—Buscaos un hotel —replicó Verkan, poniéndose colorado, y Flynn le cogió de la mano:

—Ya buscaremos otro nosotros cuando acabe esta aventura.

—Gracias por dejarme venir con vosotros —dijo entonces Ogro—. Si aún estuviera encerrado en mi habitación, no habría visto todo esto. Ni tendría la posibilidad de ver todo lo que vamos a ver, que seguro que es todavía más maravilloso.

Sonreí a Ogro. Sabía que las cosas irían a mejor, a pesar de mis vídeos proféticos en el portátil taquiónico. Y sabía que Ogro también iba a ser cada día un poco más feliz. Quién sabe, incluso quizá muy pronto fuera a conocer a una Oli o una Flynn que encajara como un guante en su forma de ser. No pude evitar imaginarme una chica despampanante pero con una máscara parecida a la de Ogro y casi me eché a reír por mi ocurrencia. ¿Os imagináis la boda? ¿Los dos con máscara de kabuki? O mejor: los dos con máscara de Verkan.

—Chicos —se oyó entonces la voz de Peary por los interfonos del tren—, a vuestra izquierda tenéis la ciudad de Londres. Llegamos a Sealand. Preparaos para la inmersión.

—¿Ha dicho la inmersión? —pregunté yo componiendo una mueca de extrañeza.

Entonces el tren empezó a vibrar y a emitir unos chasquidos y chirridos que me resultaron muy familiares.

Todos nos miramos unos a otros. Primero con el pánico instalado en nuestras caras, justo después, adoptamos una ligera expresión de comprensión.

¡El tren se estaba convirtiendo en un submarino! Tal y como había hecho en nuestro primer viaje al Directorio XY.

El tren empezó a descender cada vez a más velocidad y todos nos agarramos como pudimos a los asientos. Una explosión de burbujas tuvo lugar a nuestro alrededor y, de repente, oscuridad absoluta. Era como si de golpe nos hubiéramos trasladado al espacio exterior. Solo nos iluminaban las bombillas de los vagones.

«Aquí Burakov. Van ustedes a realizar una operación de infiltración muy sigilosa. La señorita Jusaka y el señor Wall están aquí también. Escucharemos todo lo que pase y les prestaremos asistencia. De momento, cerramos comunicaciones, silencio total. No sabemos qué capacidades pueden tener los Realistas y cualquier prevención será poca. Corto y cierro».

SEALAND
SEALAND
CÓMO MOLA TU NUEVA MÁSCARA, OGRO.
ES NEPTUNO, EL DIOS DE LOS MARES.
CHSST. RECORDAD, CON MUCHO SIGILO. NO SABEMOS QUÉ NOS ESPERA.

¡ESTAS BOTAS SON GENIALES!
¡SILENCIO!
¡AGARRAOS CON LAS CUATRO EXTREMIDADES!

Aquel país, Sealand, en realidad era un fuerte militar. Eso es algo que saltaba a la vista a medida que ascendíamos por una de sus columnas de acero. A pesar de que su superficie apenas tenía quinientos metros, comprobé que disponía de siete plantas con diversas dependencias. A efectos prácticos, era como un barco de tamaño medio anclado a perpetuidad. Una isla fortificada que no pertenecía a ningún país porque se encontraba en aguas internacionales.

Estábamos en un lugar desconocido lejos de cualquier sitio. He de reconocer que tenía bastante miedo. Además, tampoco podíamos usar el subvocal con Burakov o con Peary para sentirnos un poco más acompañados.

Por fin, accedimos a la superficie de Sealand. Allí no había nada. Solo un campo de metal plano. No había forma de ocultarse. Estábamos expuestos. Y, por eso, no tardamos en oír aquellas palabras:

—¡Alto ahí!

Aquel hombre estaba en el otro extremo de la plataforma y se aproximaba lentamente hacia nosotros, con ese sigilo que los cazadores manifiestan cuando están a punto de disparar a una gacela.

Las gacelas éramos nosotros, claro está. Y aquel hombre iba armado. En vez de una escopeta de caza, nos apuntaba con uno de esos fusiles con flecha de metal que se usan en la pesca submarina.

Todos levantamos las manos.

—¿Es usted Roy Bates? —me atreví a preguntar sin mover ni un músculo.

—¿Quién lo pregunta? —quiso saber aquel hombre escupiendo las palabras. No dejaba de apuntarnos amenazadoramente.

—Estamos buscando a una persona. El mundo está en peligro.

Me sentí un poco ridículo pronunciando aquellas palabras, pero en cierto modo era verdad, ¿no?

—Aquí no hay nadie. Solo yo. Largo de aquí.

—Entonces estoy hablando con Roy Bates —deduje.

—Elemental, querido Watson —bisbiseó Verkan.

—He dicho que largo de aquí —volvió a insistir Bates avanzando unos pasos hacia nosotros con el fusil submarino en ristre. Aquellas armas tenían un alcance muy limitado, así que, de momento, aún no debíamos temer por nuestra integridad física. De momento.

Estaba claro que no podíamos regresar por donde habíamos venido, así que me aclaré la voz y traté de expresarme con la mayor firmeza que fui capaz de reunir:

—Señor Bates, quizá usted no lo sepa pero muchas vidas están en riesgo. No hemos venido a hacer daño a nadie. Solo queremos información. Necesitamos hablar con el Realista.

Roy Bates frunció el ceño, avanzó dos pasos más, apretó el arma sin dejar de apuntarnos.

—No pienso hablar con personas que viven sobre la tierra, no me fío de vosotros —replicó entonces.

—No quiere, pero deberá hacerlo por el bien de todos. No vamos a marcharnos hasta que no tengamos más información para detener el virus que los Realistas están a punto de liberar.

Sé que quizá me estaba excediendo al proporcionar tanta información clasificada a Roy Bates, el rey de Sealand, pero era una carta que debía jugar. Y funcionó. Bates titubeó un segundo.

—El virus... —me pareció que murmuraba.

Y entonces, por el subvocal, oímos la voz alarmada de Peary.

«El Realista acaba de lanzarse al mar. ¡Está buceando a gran velocidad hacia la costa!».

Miré a Verkan. Extraje de mi bolsillo el respirador portátil diseñado por el Directorio XY. Verkan asintió. No teníamos tiempo que perder. El Realista no podía escapar. Era una locura zambullirse tras él, pero nos dejamos llevar completamente por el instinto. Era tiempo de entrar en acción.

ESTO PARECE LA **ESCENA** DE DOS HOMBRES Y UN **DESTINO**.
¿ES UN **ANIME** YAOI?
SPLASH
SPLASH

A pesar de la mala fama que tenían los Realistas, Hexa Dal parecía inofensivo. Si bien su aspecto no era el típico que te infunde tranquilidad en un callejón oscuro, se nos antojó inmediatamente tan dócil como un perro callejero asustado. Por eso, en cuanto se vio interceptado por el submarino de Peary, se rindió sin ofrecer más resistencia.

Era como en el cuento de *La bella y la bestia*. Una especie de monstruo de gran corazón. Una especie de Ogro que solo buscaba una cosa: encajar en un mundo donde las diferencias te excluyen de los demás.

Tras prometer a Roy Bates que no le haríamos ningún daño, nos permitió hablar con él sin estar continuamente amenazándonos con su fusil submarino. Incluso nos ofreció unas toallas a Verkan y a mí para que nos secáramos. Y nos hacían falta, porque no os podéis ni imaginar lo frías que estaban aquellas aguas.

Flynn y Oli nos miraban asombradas, como si hubiéramos actuado como los héroes de una película. Y en parte lo habíamos hecho, aunque seguro que habíamos pasado mucho más miedo.

Ogro examinaba cada vez más de cerca al Realista. Y el Realista, a su vez, no le quitaba la vista de encima, fascinado con su nueva máscara, que simulaba ser el rostro mitológico de Neptuno, el dios de los mares. Sin duda, había cierta conexión entre ellos. Las personas excluidas se saben identificar entre sí. Como si formaran parte de algún tipo de club privado.

—De verdad que no queremos hacerte daño —dije aproximándome al Realista mientras le mostraba las manos en gesto pacífico. Me recordaba a mí mismo hablando con Ogro por primera vez, cuando le había descubierto oculto en el falso fondo del armario de mi dormitorio en el Directorio XY.

El Realista fijó su mirada negra como el betún en mí. Me examinó como si yo fuera un extraterrestre.

—¿Entiendes mi idioma? —volví a preguntar aproximándome a él un par de pasos más.

El Realista, que permanecía sentado en el suelo de aquella habitación en el quinto piso de Sealand, desvió el rostro hacia Roy Bates, como si le pidiera permiso para hablar. Bates hizo un ligero gesto de asentimiento.

—Sí, entiendo tu idioma. Entiendo todos los idiomas. Los idiomas humanos son simples. No tienen casi metáforas. Ni adjetivos. Ni imágenes mentales. Tu idioma es plano. Como un océano en calma. Mi idioma es un maremoto. Y una tormenta. Y luz. Y fuego.

Todos nos quedamos con la boca ligeramente abierta. Estaba flipando. Era como si aquel hombre procediera de otro mundo o de otro tiempo. Los Realistas apenas se debían de haber relacionado con el resto del mundo en los últimos años. No me extrañaba que Hexa Dal solo confiara en Roy Bates, que era un lunático que incluso había fundado su propio país para vivir lejos de las personas.

—Vale, tío. Me mola tu forma de hablar, es en plan rap, ¿no? —le dije para ganarme un poco más su confianza.

—No rap. No vocabulario. Mi forma de hablar usa el brocabulario.

Fruncí el ceño.

—¿Brocabulario?

«Una palabra que une los términos *broca* y *vocabulario*, qué original», nos informó Peary por el subvocal.

—Sí, brocabulario. Mi hablar fantabuloso.

Empezaba a pillar la forma de expresarse de Hexa Dal. Fantabuloso debía de ser la unión de *fantástico* y de *fabuloso*.

—¡Qué guay! —exclamó Oli—. A mí también me gusta mezclar cosas. Mezclar palabras es lo más.

El Realista dirigió su mirada opaca hacia Oli y creí atisbar una ligera sonrisa en sus labios.

—Idiomas humanos muy simples. Nuestro idioma no tiene límites. Ni fronteras. Ni diques.

—Bueno —le interrumpí—, mola, pero lo importante ahora es que nos podemos entender. Necesitamos información.

—Muñeco Diabólico —dijo secamente Hexa Dal—. Sé a qué venís. Humanos muy simples.

Empecé a cansarme un poco de que nos llamara tanto «humanos» con un tono de desprecio, y me salió casi sin querer una réplica:

—¿Es que tú no eres humano?

El Realista guardó un prolongado silencio antes de responder.

—Yo no sentirme humano, porque humanos ser voraces, destructores. Destruir todo el ecosistema de la Tierra. Medioambiente hundido en el mar de la desesperación. Yo no sentirme humano. Yo sentirme de la Tierra. Gaia. Conectado. Pero... ya no sentirme tampoco Realista. No sé cómo sentirme.

—Tú eres sealandés —intervino entonces Roy Bates acuclillándose junto a él para acariciarle la cabeza. Hexa Dal ronroneó como un gato.

Era una escena surrealista. Un tipo que se autodenominaba rey de un país de hierro lejos del mundo protegiendo a un renegado de una secta medioambiental que hablaba muy bonito. Era uno de los momentos más WTF de mi vida, y eso que ya llevaba varios acumulados.

***

Hexa Dal siempre se expresaba de forma muy poética, como si fuera un actor declamando a Shakespeare las veinticuatro horas del día. Oli se quedaba a menudo extasiada mientras lo escuchaba. Además, decía cosas rarísimas, aunque ciertas, sobre cuanto teníamos alrededor:

—Todo lo que nos rodea puede ser sólido, líquido o gaseoso. Sólido como el hierro de Sealand. Líquido como el mar que nos cerca. Gaseoso como el aliento que exhalo al hablar.

—O como un pedo —susurré yo provocando que Flynn tuviera que taparse la boca de la risa.

Como nadie me siguió la broma, carraspeé y recobré la compostura.

—Pero lo sólido, lo líquido y lo gaseoso es lo mismo —continuó el Realista fingiendo que no me había escuchado—, solo cambia el comportamiento de las moléculas que lo forman. El calor, por ejemplo, cambia ese comportamiento. Si cogéis cualquier sólido y le aplicáis un poco de calor, se convertirá en líquido. Y si le aplicáis más calor, en gaseoso. Y a la inversa: cualquier gas, al aplicarle frío, se convertirá en líquido. Y si le aplicáis más frío todavía, en un sólido. Todas las cosas son iguales, solo cambia la temperatura.

—¡Wow! —exclamé, pensando por un momento en un pedo sólido—. ¿En serio?

—Es increíble —dijo Oli con la vista mirando el infinito—, es como hacer magia.

El Realista miró a un punto indefinido de la estancia, como si pudiera ver algo suspendido en el aire que era invisible para nosotros.

—Con los suficientes conocimientos en química se puede hacer magia masallática —entonó lentamente usando de nuevo una palabra que parecía inventada y que formaba parte del brocabulario Realista—. Se pueden apretujar las moléculas para que sean tan duras como el acero o dejarlas salvajes para que ese mismo hierro se convierta en aire. Aire lleno de hierro. Hierro lleno de aire. Podemos ver así belleza en las feografías, podemos transformar en sansónico lo simplón. Oh, siento la logorrea, mi hablar argotador para vosotros. Solo diré una cosa más. Una. Con la química se puede crear lo que se quiera. Todo. Incluso un virus capaz de manipular el comportamiento de los animales. Eso es el Muñeco Diabólico.

Miré a mis amigos, como preguntándoles con los ojos «¿ha dicho lo que creo que ha dicho?».

—No me gustó lo que querían hacer al mundo. Conocí al rey de Sealand. Descubrí que el ser humano puede ser también maravilloso, transformarse de una cosa en otra, como el hierro en aire y el aire en hierro. Pero los Realistas no admiten el desacato. Los Realistas vivimos en colonias. También nos clasificamos como las hormigas y otros insectos. Es decir, que nacemos como obreros, reproductores, soldados, reina. Yo soy obrero. Mi sitio en el nido es obrero y no puedo cambiarlo. Por eso, ahora, ya no soy nada porque he abandonado la colonia.

Hexa Dal pareció desfallecer, como si estuviera agotado. Roy Bates le abrazó.

—Tranquilo, ahora estás a salvo. Nadie nos encontrará aquí. Estamos bien.

Y justo cuando dijo esas palabras, nos lanzó una mirada fulminante. Nosotros habíamos llegado hasta ellos. Si lo habíamos logrado, tal vez los otros Realistas no tardarían en hacerlo y castigarían a aquel renegado que se hacía llamar Hexa Dal.

—Tienes que explicarnos más sobre el Muñeco Diabólico —dije con voz firme—, necesitamos pararlo.

El Realista negó con la cabeza. Roy Bates frunció el ceño.

—Largo de aquí. No os podemos ayudar.

Me concentré en Hexa Dal, avancé un poco hacia él.

—Sí que puedes ayudarnos. Dices que descubriste que no todos los humanos son iguales. No sé si nosotros te parecemos especiales o no, pero allí afuera hay más gente que no es como creen los Realistas. Tu amigo el rey de Sealand no es el único. Hazlo por todos ellos. Dinos algo. Cualquier cosa.

El Realista fijó su vista en mí y ladeó ligeramente la cabeza. Parecía que me estuviese radiografiando. ¿Dispondría de alguna habilidad sobrehumana? Los Realistas parecían mutantes, tal vez eran como los X-Men.

—El mar se está muriendo. Las plantas se retiran. El aire se contamina de humo. La tecnología consume energía y materia prima. ¿Por qué quieres salvar a la gente que está destruyendo el medioambiente? —me preguntó entonces con la voz decaída, como si sobre ella pesara una tonelada de piedras.

Volví a buscar el apoyo de mis amigos. Miré a Flynn, a Oli, a Verkan, a Ogro...

—Porque yo también he encontrado a gente como Roy Bates, gente que me parece especial. Y no se merecen pagar los errores de los demás. Siempre que haya gente especial, habrá esperanza de cambiar las cosas a mejor.

«Y si todos estamos juntos, será más fácil», intervino entonces Peary por el subvocal, y en sus palabras creí captar un sentido que iba más allá de la unión de las personas especiales que quisieran preservar el medioambiente. Más allá de la búsqueda de personas que separaran la basura en papel y cristal o restos orgánicos, o incluso de quienes reciclaban o trataban de reducir su huella ecológica. Peary había dicho «juntos» en un sentido más amplio. Un sentido en el que quizá incluía a Burakov. Incluso al propio Directorio XY.

Y quizá porque el Realista en verdad tenía alguna clase de superpoder o una sensibilidad especial para captar matices en las inflexiones de voz, se emocionó. Una lágrima corrió por su mejilla. Se incorporó y nos miró a todos, complacido.

—He sido un cobarde. No quise participar en la limpieza de la humanidad, pero tampoco hice nada por detenerla. Pensé que podía empezar de nuevo en Sealand, pero todo el mundo merece la oportunidad de empezar de nuevo. No voy a daros información sobre el Muñeco Diabólico. Voy a hacer algo más importante. Voy a ayudaros a destruirlo.

CAPÍTULO 13

¿PERO QUÉ...?
NOS HEMOS ESTRELLADO. CHICOS, ¿DÓNDE ESTÁIS?
¡NO, LOS ANIMALES!

GRRR
GRRR
GRRR

TENGO QUE SALIR DE AQUÍ Y ENCONTRAR A LOS CHICOS.
NOOOOOOOOO

Me desperté casi sin aire. Afortunadamente, solo había sido una pesadilla. A pesar de las emociones que estábamos viviendo, me había quedado dormido en el asiento mientras Peary pilotaba a velocidad supersónica en dirección a una isla del Pacífico Sur.

Hexa Dal permanecía sentado, en silencio, en el último asiento del vagón. Como perdido en sus propios pensamientos.

Nos había revelado la localización del último nido Realista. Cada poco tiempo, los nidos cambiaban de ubicación, así que el nido al que nos dirigíamos, en un archipiélago del océano Pacífico, debería estar ya abandonado. Sin embargo, el Realista estaba convencido de que íbamos a encontrar alguna pista sobre la nueva ubicación del nido o, al menos, algún dato sobre la liberación del virus.

Tanto Burakov, como Flynn o Yumi se sorprendieron al comprobar que buena parte de la información que Hexa Dal nos había ido facilitando durante el viaje no se hallaba en la Deep Web. Los Realistas eran realmente excelentes borrando sus huellas.

En resumen, lo que ya podíamos certificar gracias a los nuevos datos de Hexa Dal era que la operación Muñeco Diabólico era un virus que volvía feroces a las mascotas y otros animales. Que el virus iba a ser liberado a la atmósfera desde un punto concreto, seguramente el nido. Que de ese modo esperaban que los mezquinos humanos perecieran tras los ataques de los animales. Que, tras unos meses, quizá años, la vegetación empezaría a tomar las ciudades. Cuando la Tierra se tornara un lugar salvaje, dominada por la diosa Gaia, entonces los Realistas regresarían a ella. La Tierra sería de nuevo su reino.

Era de locos. Hexa Dal apenas había querido incidir en todos los hechos históricos en los que los Realistas habían estado involucrados, pero esbozó algunos. Como la destrucción de la Máquina Analítica construida por Charles Babbage y programada por Ada Lovelace en el siglo XIX, el que iba a ser el primer ordenador de la historia. Aquella destrucción retrasó casi cien años el desarrollo de la informática moderna.

Y luego estaba la misteriosa nube de Oort.

Era la región del Sistema Solar de la que habíamos obtenido un puñado de cometas gigantes para apaciguar nuestro Sol, el trimestre anterior, en colaboración con la NASA. Pero también era el origen de la vida, según los Realistas.

—¿Vamos a la nube de Oort? —le dije a Oli por mi intercomunicador mientras pilotaba aquella nave espacial.

—Te sigo —me respondió ella situando su nave tras la mía.

¿Naves espaciales?, os estaréis preguntando. Pues sí. El viaje hasta el nido del Realista era largo, debíamos cruzar medio mundo, y tanto Peary como Burakov habían insistido en que no debíamos perdernos las clases de Simulación de Espacios del profesor Percival Sagan.

La clase estaba pregrabada y podía consumirse en cualquier sitio. Básicamente consistía en viajar por el Sistema Solar a bordo de un simulador de realidad virtual bastante antiguo, un poco pixelado, al estilo de un arcade ochentero. Sin embargo, era suficiente para aprender sobre la física de los cuerpos celestes, la gravedad, la programación de entornos y, de propina, algunas nociones de astronomía y astrofísica.

Todos nos conectamos a la clase con cascos de RV y nos pasamos dos horas pilotando cazas espaciales mientras Sagan nos contaban lo que estábamos contemplando, como si fuera la voz de un documental.

Oli y yo abandonamos el grupo principal, donde estaban Flynn, Verkan y hasta Ogro (que se había conectado como alumno nuevo).

—Hace solo unos días que estábamos pilotando drones de verdad por aquí —me señaló Oli acelerando hacia uno de los cometas más grandes de la nube de Oort.

—Pues sí, esta simulación es más cutre que las del puerto Byron, pero creo que ninguna podría ser tan impresionante como la... propia realidad —tuve que admitir.

Según explicaba la voz de Sagan, la nube de Oort era una región en los confines del Sistema Solar donde había miles de millones de cometas de todos los tamaños, desde una canica a un país entero. Los cometas son básicamente acumulaciones de hielo y polvo. Eran icebergs espaciales.

Algunas teorías decían que la vida nació en la Tierra gracias a un cometa gigante de la nube de Oort. Al parecer, se desvió en rumbo de colisión e impactó en la superficie terrestre hace millones de años. Consigo no solo trajo millones y millones de litros de agua para llenar de mares y océanos nuestro planeta, sino también microbios. Microbios que fueron evolucionando hasta criaturas marinas, y más tarde criaturas terrestres, vertebrados, homínidos y seres humanos modernos.

Los Realistas estaban totalmente de acuerdo con esta teoría. Así que, según ellos, todos procedíamos del espacio. De la nube de Oort. Los dioses primigenios de los Realistas, pues, habitaban esta región llena de cometas. Dioses primigenios de formas inimaginables.

—A pesar de que es una simulación un poco antigua —dijo entonces Oli por el intercomunicador—, hay que reconocer que las vistas son increíbles.

Yo también me había quedado sin habla mientras mi nave planeaba sobre la superficie de los cometas a toda velocidad.

—Pues sí, lástima que solo sea una simulación. Y hace unas semanas, cuando vinimos aquí de verdad, lo hicimos con drones. Todo lo vimos a través de una pantalla.

—A lo mejor un día venimos de verdad.

Suspiré porque me gustaba la idea de viajar a los confines del Sistema Solar con Oli. Pero también suspiré porque eso significaba otra cosa: que nuestra misión había salido bien, que habíamos salvado el mundo, que Oli no había muerto.

***

¡YA HEMOS LLEGADO! LA ISLA DE TANNA, EN EL ARCHIPIÉLAGO DE VANUATU.
¡QUÉ PEQUEÑA ES!
APENAS TIENE 40 KM DE LARGO.

AHÍ HAY MUCHA GENTE. ¿NO SERÍA MEJOR ATERRIZAR EN OTRO LUGAR?
ES EL MEJOR PUNTO. NO HAY NADA DE LO QUE PREOCUPARSE, SON INOFENSIVOS.

A LO MEJOR SON FANS DE CREACIONES EN 3D.
NO DIGAS TONTERÍAS, YUMI HA DICHO QUE VIVEN EN LA PREHISTORIA. TIENEN PROHIBIDOS LOS INVENTOS MODERNOS.
PUES ENTONCES, LA NAVE...
TAP
TAP
TAP
¡PUES SÍ QUE HAN DEJADO PRONTO DE ADORARNOS!

Creía que las tribus como aquella solo existían en las películas, pero ahí estaban. Un pueblo que nunca había visto la televisión, ni una consola. Que no sabía lo que era la electricidad. Un pueblo que jamás había usado tecnología. No me extrañaba que los Realistas hubieran decidido ubicar uno de sus nidos en este lugar.

—Esta gente alucina con todo —dictaminé contemplando cómo escudriñaban el tren volador—, pero juraría que quien más les llama la atención es Ogro.

—A lo mejor se parece a algún antiguo dios —sugirió Oli.

—Esta escena me recuerda a *El retorno del Jedi* —intervino Verkan.

—¿Cuál? —preguntó Flynn.

—La de C3PO, cuando llega al poblado de los ewoks.

Era cierto que la escena se parecía mucho. Y más se pareció cuando los indígenas empezaron a bailar alrededor de Ogro.

—Id vosotros a explorar —nos dijo entonces Ogro—, yo los mantendré distraídos.

Le guiñé un ojo. Era una buena idea. Aquella gente no querría que metiéramos sus narices en la isla, pero la cosa cambiaba si nos había invitado una deidad. Ser un dios te abre muchas puertas.

Hexa Dal no tenía ni idea del lugar exacto del nido, solo que estaba en aquella isla. Así que, para cubrir más terreno, nos dividimos en dos grupos. Flynn y Verkan irían por el oeste. Oli, Hexa Dal y yo, por el este. Peary por el norte. En el sur simplemente estaba el océano Pacífico, así que esa parte nos la podíamos ahorrar. Al menos, eso esperaba.

—Criaturas inocentes —iba diciendo Hexa Dal en su acostumbrado tono poético—, los humanos también pueden ser puros.

—Bueno, no tener ni siquiera un antimosquitos no lo considero tan puro —gruñí palmeándome el cuello para espantar uno gigante.

—También les iría bien un aire acondicionado —bufó Oli, que ya estaba sudando.

No hacía mucho calor, pero la humedad era insoportable. A los cinco minutos de estar avanzando por la jungla, todos parecíamos habernos zambullido en una piscina. Además, otra de las cosas que nunca te dicen en las películas es que la jungla huele muy mal. Como si alguien hubiera soltado una bomba fétida. Por mucho que dijera Hexa Dal, la naturaleza podía ser preciosa, pero también muy peligrosa, muy sudorosa y muy apestosa.

—Por aquí —nos iba guiando Hexa Dal. De vez en cuando, parecía olfatear el aire, pero no captaba nada. Creo que andaba tan perdido como nosotros.

«¿Todo en orden?», oímos la voz de Burakov.

—Seguimos buscando —respondí—, aunque todo sería más fácil si al menos hubiera un camino.

«Vigilen dónde ponen sus pies, la jungla puede ser peligrosa».

—¿Habrá trampas? —aventuró Oli.

—Los Realistas no ponen trampas —señaló Hexa Dal.

—Me refería a los indígenas.

«Son un pueblo pacífico. Solo es un pueblo que espera».

—Que espera... —vacilé yo—, ¿a qué? ¿A que abran un centro comercial?

«Algo así. Esperan a los dioses, regalos, tecnología. Ellos nunca han tenido contacto con el mundo civilizado, pero en la Segunda Guerra Mundial los estadounidenses establecieron aquí una base militar. Para gente que vive en la Edad de Piedra, aquellos soldados llegados en pájaros de metal que transportaban objetos maravillosos como un simple encendedor o una lata de conservas eran como dioses. Cuando acabó la guerra, la base se desmanteló, los soldados se marcharon, pero el pueblo de Tanna sigue esperando su regreso. Para ello, a veces se visten como sus antiguos dioses pintándose el cuerpo como soldados, cargan fusiles construidos con bambú, imitan estaciones radiotransmisoras con madera...».

—Ahora entiendo lo de Ogro —señalé yo.

—Chsst —susurró entonces Hexa Dal señalándonos una pequeña montaña de hojas y ramas. El Realista se aproximó lentamente a ella, apartó algunas ramas, introdujo la mano entre las hojas y luego se la llevó a la nariz.

—¿A qué huele? —preguntó Oli.

—Restos de feromonas.

—¿Feromonas? —repetí yo.

—Señales químicas que son capaces de dejar los Realistas. Las usamos para guiarnos. Yo puedo detectarlas gracias a una modificación genética de mi órgano vomeronasal, un órgano en el interior de la nariz que está atrofiado en los humanos.

—Wow, eres como uno de los X-Men, tío.

—O sea, ¿que los pedos le olerán muy fuerte? —preguntó Oli.

Los dos nos miramos a los ojos y, acto seguido, nos echamos a reír.

—Es por aquí —señaló entonces Hexa Dal apartando las hojas, sin hacer ni caso a nuestros comentarios fuera de lugar.

Por todas partes había ramitas quebradas de tal forma que se parecían a cruces. Habían pintado la madera de color rojo.

—Esto parece confeccionado por los habitantes de Tanna. Pintura ser restos de insectos muertos. Así deben de marcar lugar sagrado. Los Tanna debieron de relacionarse con los Realistas de alguna manera.

—¿Insectos muertos? —fue el único comentario que hizo Oli arrugando la nariz—. Qué asco.

Hexa Dal apartó otras ramas apiladas sobre una montonera de tierra, y entonces surgió ante nosotros un agujero. Se parecía a esos orificios perfectamente redondos alrededor de los cuales se apilan granos de arena y que indican la entrada al nido de una colonia de hormigas.

Hexa Dal nos miró, señalando el agujero.

—¿De verdad tenemos que meternos ahí? —titubeé imaginándome insectos, serpientes y otros bichos.

—Nido Realista —fue la única respuesta de Hexa Dal.

—Ya, ya, me ha quedado claro. Bueno, si no hay más remedio, vamos allá, pero yo voy a usar tecnología. ¡Viva la tecnología!

Y tras aquella exclamación que recordaba a un hechizo de Harry Potter, desenfundé una pequeña linterna provista de ledes fabricada en el Taller 3D del Directorio XY. A pesar de su tamaño, la luz despejó todas las sombras del interior del nido.

Para mi sorpresa, el nido en realidad era un cubículo de apenas diez metros cuadrados. Una especie de cueva pequeña. Y estaba completamente vacía.

—Me esperaba algo más impresionante —dije imaginándome una interminable red de caminos, un laberinto como el que construyen las hormigas, con sus propios habitáculos, almacenes para la comida y demás.

Hexa Dal frunció el ceño, olfateando el aire.

—El camino ha sido tapiado. Nido abandonado e inutilizado.

—Entonces ¿qué? —preguntó Oli—. ¿Hay otra entrada?

—Puede ser, no lo sé. No esperaba que hubieran clausurado así el nido.

—Creo que vamos a tener que ir olvidándonos de encontrar alguna pista por aquí —dije no tanto para que me escucharan Hexa Dal u Oli como Burakov, que nos estaría monitorizando a todos.

Pero nadie dijo nada. Hexa Dal olfateaba el aire, esbozando una mueca extraña. Oli se estiró al tiempo que ladeaba ligeramente la cabeza, como si tratara de oír mejor un ruido lejano. En el subvocal crepitó la estática.

—¿Pasa algo? —pregunté alarmado.

Entonces tres sonidos se sucedieron uno detrás de otro y me dejaron paralizado. Un grito en la distancia, un grito en el subvocal y un zumbido procedente de la espesura de la jungla.

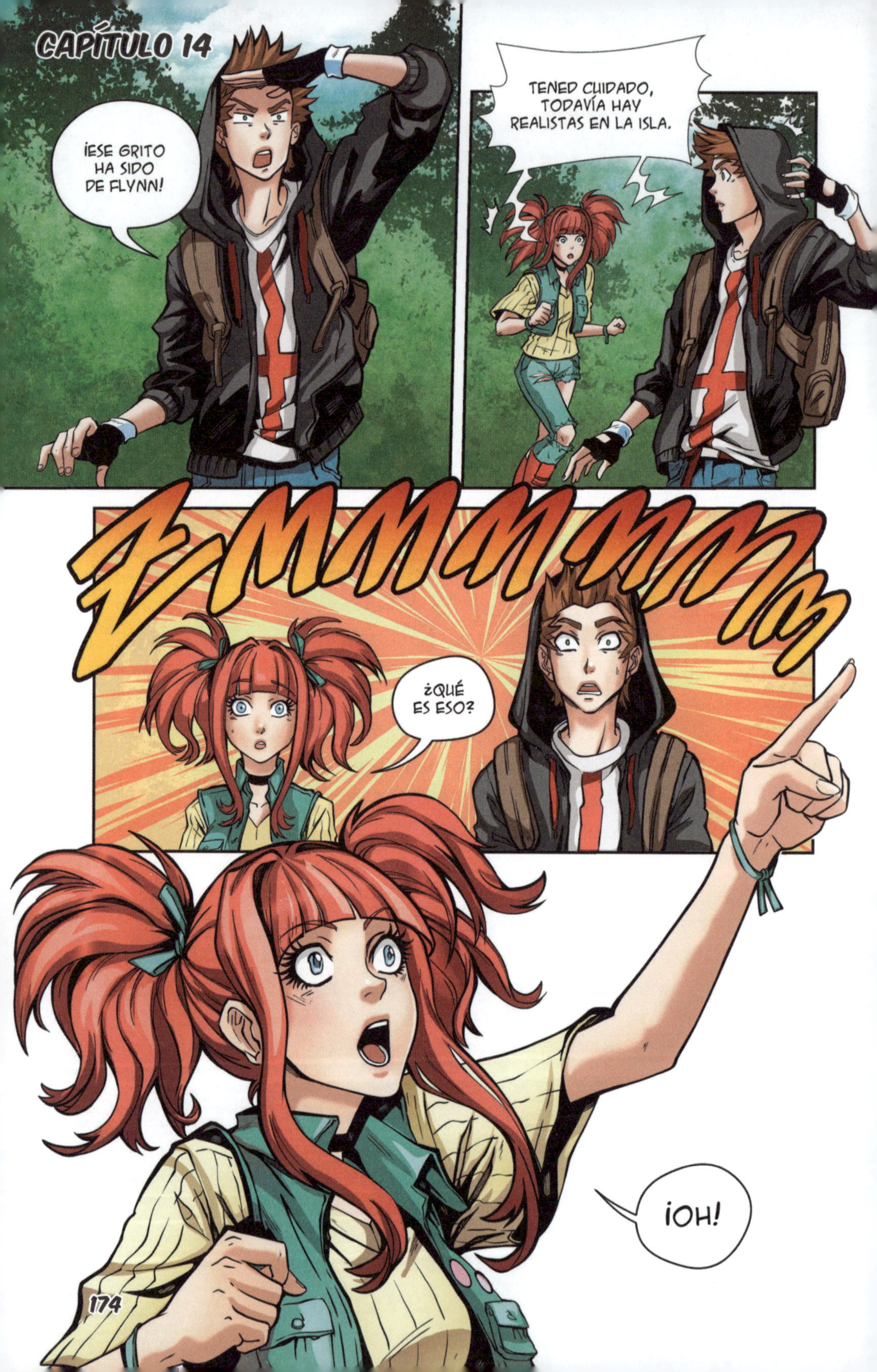
CAPÍTULO 14
¡ESE GRITO HA SIDO DE FLYNN!
TENED CUIDADO, TODAVÍA HAY REALISTAS EN LA ISLA.
ZMMMMMM
¿QUÉ ES ESO?
¡OH!

FUOOOOM
¡HAY GENTE DENTRO!
¡ES VERKAN!

NO PARECE QUE SE LO HAYAN LLEVADO A LA FUERZA.
Bip
VERKAN
OLI
FLYNN
OPC.
%
Bip
Bip
Bip

CLIC
CLIC
EL VIGILAMATIC SE HA ENGANCHADO.
EL TEST DE COMPATIBILIDAD CON VERKAN... SALE AHORA ROJO.

Habían pasado tantas cosas importantes casi al mismo tiempo que necesité un buen rato para procesarlas todas. Si tuviera que ir de este punto hacia atrás, creo que la sucesión de hechos sería la siguiente.

No me sorprendió que Flynn emergiera del bosque acompañada de Hexa Dal, que había volado a su encuentro. Hacía rato que estaba subvocalizando lo que iba ocurriendo.

«Verkan, han cogido a Verkan. Van en esa especie de nave con forma de cerebro».

Aunque a medida que se acercaba a nosotros, Flynn cambió una parte de sus palabras. Ya no decía «han cogido a Verkan», sino «Verkan se ha ido con ellos». Era un matiz pequeño, pero muy inquietante.

Lo que sí me sorprendió fue ver a Flynn tan desolada. Su rostro estaba desencajado por el miedo y la sorpresa. Miedo porque Verkan ya no estaba con nosotros. Sorpresa porque Verkan no había sido secuestrado, sino que parecía haberse subido al transporte Realista por su propia voluntad.

El otro hecho destacable, que había pasado un poco antes, era que el WatchFriend se había puesto en rojo al señalar a Verkan. De repente, ya no parecíamos compatibles. Algo había cambiado en nosotros. Quizá en mí. O quizá en él. ¿Ya no éramos amigos?

Lo otro que había pasado un instante antes es que había lanzado un Vigilamatic. Había sido un acto casi reflejo. Casi sin pensar. Solo consideré que Verkan se marchaba, y que no podía permitir que lo hiciera sin saber dónde iba. Ahora que el Vigilamatic estaba adherido al transporte Realista, Burakov podría monitorizar sus movimientos. Sabríamos dónde iba Verkan.

Todo lo que había ocurrido justo antes de eso, lo ignoraba, así que Oli y yo nos aproximamos inquietos a Flynn para exigirle una explicación.

Ella se nos quedó mirando un momento, con los ojos húmedos. Al final, se echó a los brazos de Oli.

—No puedo creerme que se haya ido con ellos... —balbuceaba.

Tragué saliva. Nunca había visto a Flynn tan disgustada. No entendía nada de lo que estaba pasando. Miré a Hexa Dal con gravedad, buscando alguna respuesta.

El Realista me devolvió la mirada y negó con la cabeza.

—¿Qué ha pasado aquí? —gritó entonces Peary entre jadeos. Acababa de emerger de la jungla, había llegado corriendo desde el otro extremo de la isla.

Hexa Dal se sentó en el suelo, cruzando las piernas, y se agarró las rodillas con las manos. Se había quedado con la cabeza ligeramente inclinada hacia delante, como apesadumbrado.

—No entiendo cómo había aún Realistas por aquí. Deben de haber regresado para recoger suministros. O quizá eran vigilantes. No lo sé. No parecían guerreros, o ahora ya estaríamos más que muertos. Eran exploradores. Por eso han sometido a vuestro amigo —sentenció, entonces.

—¿Qué quiere decir eso? —exclamé yo.

—A veces hemos sometido a humanos. Diseñamos una sustancia química que gobierna el cerebro. La voluntad del humano queda anulada. Hace lo que le ordenemos. El humano se convierte en una mula de carga, en un esclavo, en un ejecutor de tareas indignas para los obreros.

—¿Como si lo hubieran hipnotizado? —preguntó Flynn.

Hexa Dal se encogió de hombros. Entonces cerró los ojos y habló de cómo el mundo está lleno de sustancias químicas que modifican la voluntad de los seres vivos. Nos habló del parásito de la duela, un diminuto gusano que es capaz de manipular el cerebro de las hormigas para que estas escalen las hojas del campo y se dejen comer por las vacas. De esta forma, el parásito puede entrar en el estómago de la vaca, que es donde puede completar su ciclo reproductivo, al estilo *Alien y el octavo pasajero*. También nos habló de un protozoo llamado *Toxoplasma gondii,* que obliga a los chimpancés y otros mamíferos a comportarse de forma más atrevida y temeraria, como si hubieran perdido el miedo a morir.

—El mundo está lleno de sustancias químicas y microorganismos que obran como titiriteros neuroquímicos. Los Realistas somos expertos en ese arte.

—¿Hemos perdido a Verkan? —preguntó entonces Flynn casi sin voz y con la mirada vagando en el infinito.

—Esa persona que se ha marchado con ellos ya no es Verkan. Solo obedece órdenes de los Realistas. Es un siervo.

—¡Hemos de ir a buscarle! —exigió Peary—. Un alumno de Gamedonia no puede cambiar de identidad tan alegremente.

Lo que había pasado con Verkan me recordaba mucho a lo que nosotros habíamos hecho con Jacinto, el transportista que traía paquetería al Directorio XY. Empleando nanomáquinas habíamos colonizado su cerebro y, a través de un joystick, podíamos obligarle a hacer todo lo que deseáramos. Aquí las nanomáquinas habían sido sustituidas por largas cadenas de enlaces químicos.

Sin embargo, las nanomáquinas tenían una duración finita. Jacinto podía volver a ser Jacinto y regresar a su aburrida vida. ¿Ocurriría lo mismo con Verkan? Le lancé esa cuestión a Hexa Dal con la voz rota por la preocupación.

—¿El proceso es reversible? ¿Puede volver a ser él?

—No lo sé. Ignoro qué sustancia han usado para someterlo.

Bufé. Las cosas se habían complicado. Había tenido tanto miedo de que algo malo le pasara a Oli que no me esperaba que Verkan fuera nuestra primera baja.

—Pero en los vídeos del portátil taquiónico no dices nada de que Verkan se convierta en un zombi —intervino entonces Oli, buscando alguna esperanza.

Flynn me clavó la mirada para decirme algo que reconozco que me hizo daño.

—A lo mejor es que nunca has considerado que fuera tu amigo y por eso ni siquiera le has mencionado.

Me dolió que me dijera algo así, pero más me dolió la posibilidad de que tuviera razón. Justo al lanzar el Vigilamatic, recordaba perfectamente cómo el WatchFriend había mostrado una falta de compatibilidad con Verkan. Estaba en rojo. ¿No éramos amigos? ¿Solo nos habíamos aguantado el uno al otro cordialmente?

Levanté mi antebrazo para comprobar de nuevo el WatchFriend. Me costó enfocar la vista porque la tenía un tanto enturbiada por las lágrimas. Tanto Flynn como Oli mostraban compatibilidad conmigo, estaban en verde. El WatchFriend funcionaba como debía, así que su información sobre Verkan parecía fiable.

Apreté los labios y escogí muy bien las palabras que iba a pronunciar a continuación. No me importaba si un cachivache programado por Verkan me decía que no sentía lo que sentía. Tal vez los Realistas habían cambiado algo en su mente que había alterado también los valores de su WatchFriend. A lo mejor Verkan nunca volvía a ser Verkan. Pero...

—No volveremos a casa sin él. Lo prometo.

Tanto Oli como Flynn me miraron con los ojos temblorosos. Flynn sonrió. Le devolví la sonrisa. En aquel pequeño gesto sé que ella me había pedido perdón por sus duras palabras dirigidas hacia mí, y yo le había dicho que no pasaba nada, que entendía la tormenta emocional que debía de estar sufriendo.

«Les prohíbo terminantemente que inicien cualquier operación de rescate —nos advirtió Burakov por el subvocal—. Esto se ha tornado demasiado peligroso. Regresen a la base y buscaremos otra solución».

—Estoy contigo, Rubius —dijo Flynn como única respuesta.

—Estoy contiguo, Rubius —repitió Oli.

Peary carraspeó.

—Yo también estoy contigo. Lo siento, querida Burakov.

Entonces Hexa Dal se volvió a levantar y respiró hondo, como si quisiera inspirar todos los aromas de la isla.

—Admiro vuestro arrojo. Usaré hasta el último de mis latidos del corazón para guiaros hasta él.

Me aproximé hacia el Realista y adelanté mi mano. Él me miró dubitativo antes de estrechármela. Estaba fría al tacto, como si en realidad estuviera tocando el cuerpo de un pez.

—Gracias.

Hexa Dal asintió mirándome a los ojos fijamente. Esos ojos tan negros como la brea. Negros como se habían vuelto los ojos de Verkan mientras viajaba en aquel extraño transporte Realista.

Abrí mi mochila y saqué una especie de brújula que estaba conectada con el Vigilamatic. Gracias a aquel dispositivo era capaz de determinar el lugar donde se encontraba. Viajaba a una velocidad considerable hacia el noroeste.

—Van muy rápido, pero quizás podamos alcanzarlos. ¿Nos vamos?

«Creo que deberían reconsiderar que...».

—Voy a encender los motores del tren —exclamó Peary—, id a buscar a Ogro.

Empezaba otra aventura. La más peligrosa de todas. Ni siquiera era consciente de que nos íbamos a dirigir a la boca del lobo. Al nido Realista. Sin embargo, en ese momento no tenía miedo. Solo había un objetivo en mi cabeza: rescatar a Verkan.

Porque sí, él era mi amigo.

Lo que tampoco pude imaginarme es que, para ello, iba a dejar atrás a otra persona. A veces sucede que para volar más alto o ir más lejos hay que soltar lastre. En este caso, fue el mismo Ogro el que se ofreció voluntario para quedarse en la isla investigando el antiguo nido de los Realistas en busca de pistas que pudieran ayudarnos en nuestra siguiente misión. Todo lo que descubriera, nos lo contaría por el subvocal. Él era el más apto de todos para explorar la isla, porque ahora era su nuevo dios.

ESTARÁ BIEN, AQUÍ LO TRATARÁN COMO A UN DIOS.
Y SI INVESTIGA SU GUARIDA, TAL VEZ ENCUENTRE INFORMACIÓN QUE NOS SEA ÚTIL.
AQUÍ ESTARÁS BIEN, VIEJO AMIGO.

CAPÍTULO 15

A pesar de la velocidad supersónica del tren, el transporte Realista no solo nos llevaba mucha ventaja, sino que parecía ser incluso más rápido. ¿Cómo podía alcanzar semejante velocidad si no usaba combustible, propulsores, hélices ni nada que tuviera que ver con la tecnología electrónica? Hexa Dal seguramente me hubiera respondido en tono poético que las fuerzas de la naturaleza son más poderosas que cualquier tecnología o algo así.

Una vez asumimos que nunca alcanzaríamos a aquellos Realistas, sencillamente tratamos de descansar. El Vigilamatic nos iría informando de la localización exacta del transporte. En cuanto se detuviera, se descubriría la ubicación exacta del nuevo nido Realista.

—¿Puedo sentarme aquí? —me preguntó Flynn.

—Ah, claro.

Por un momento, estábamos los dos sentados en los mismos sitios que el día que nos habíamos conocido.

—Oye, Rubius... Perdóname por haberte dicho eso de Verkan. No hablaba en serio.

Le sonreí.

—Ya sé que no hablabas en serio, hablaban los nervios. A veces hablan con nuestra voz y parece que somos nosotros, pero en realidad no hay que hacerles mucho caso.

—Estoy de acuerdo. Y la que ahora te habla soy yo: sé que Verkan te admira. Aunque nunca te lo diga y, bueno, aunque nunca te lo demuestre. Te admira.

Entrelacé los dedos detrás de mi cabeza, estirándome como un pavo real.

—¿De verdad?

—Bueno, tampoco te pases...

Me eché a reír.

—¡Lol! Ya lo sabía. Y espero que él sepa que es recíproco.

—Lo sabe.

—Pues entonces ahora tengo más ganas de rescatarlo.

—¿Por qué?

—Porque no solo voy a obligarlo a que me diga todo eso a la cara, sino que voy a recordarle que yo le he rescatado, como si él fuese una damisela en apuros.

Flynn emitió una risa nerviosa. Se notaba que estaba tan preocupada que ni siquiera podía reír abiertamente. La abracé. Y justo entonces nos interrumpió una voz.

«¿Han leído ustedes a Julio Verne?», dijo Burakov por el subvocal. A pesar de que seguía considerando una temeridad aquella misión de rescate, la rectora admiraba la velocidad a la que todos habíamos reaccionado. Y mi plan de usar el Vigilamatic como baliza localizadora le resultó todo un acierto.

—Para hablar de libros —respondió Oli—, creo que Yumi Jusaka es la persona más apropiada.

«Me tomaré esa respuesta como un no. Verne escribió la novela *Viaje al centro de la Tierra* en 1864. El protagonista es un profesor de mineralogía llamado Otto Lidenbrock que organiza una expedición para llegar al centro de la Tierra. Lidenbrock ha encontrado una entrada en la superficie que puede conducirle a cientos de kilómetros de profundidad en un pergamino de origen rúnico escrito por un alquimista islandés llamado Arne Saknussemm».

—Si sigue con el cuento, con el sueño que tenemos vamos a dormirnos en cualquier momento —la interrumpí.

«La entrada a las entrañas de la Tierra —continuó Burakov—, según la obra de Verne, está en un volcán en Islandia, el Snæfellsjökull. El mismo lugar donde hemos perdido la señal del Vigilamatic».

—Eso significa que... —empecé a decir.

—El nido Realista —anunció Hexa Dal.

—¿Nos vamos al centro de la Tierra? —preguntó Oli.

—De momento, vamos a Islandia —anunció Peary por los altavoces del tren—. Próxima parada, Reikiavik.

***

Peary había aterrizado el tren en un lugar apartado de la ciudad. Allí preparamos nuestro equipo, nos abrigamos (porque en aquel país hacía un frío gélido) y... volamos. Sí, echamos a volar.

Llegar hasta la cima del volcán no era fácil por carretera. Ni siquiera sabíamos si los Realistas disponían de algún sistema de detección de intrusos. De modo que Peary decidió llegar por el cielo pero sin usar la tecnología. Hexa Dal estuvo totalmente de acuerdo con la estrategia.

—Toda tecnología que constituya una violación del orden natural resulta impía para mi pueblo.

—Por eso vamos a ir en globo —dijo Peary.

—¿Globo? —exclamé yo.

—Por supuesto. Un globo solo es tela, aire caliente y *voilà*, a volar. Un globo no viola ningún principio natural, ¿no?

Hexa Dal meditó su respuesta antes de verbalizarla.

—El aire caliente pesa menos que el frío y por eso...

—Lo que yo decía —le interrumpió Peary con un ademán—, vamos a llegar de forma natural, y también silenciosa. Por aquí cerca hay una compañía de vuelos en globo para turistas. Ahora mismo cojo la furgoneta y voy a hacerme con una unidad bien grande.

—¿Una unidad? —exclamé.

—Claro, usaremos como cabina mi furgoneta. Será bastante peso. Ya veréis qué espectáculo será ver mi súperfurgoneta surcando las nubes.

—*What the f...* —empecé a murmurar, incrédulo.

«Si tienen algún radar, pasaréis desapercibidos —le confirmó Burakov por el subvocal—. Pero en cuanto crucéis el perímetro del volcán, quizá quedéis incomunicados. Por más que trato de monitorizar esa zona, no aparece ninguna señal. Ni fuentes de calor, ni actividad electromagnética. Sospecho que hay un campo deflector que evita que entre o salga cualquier tipo de onda electromagnética».

—Vamos, que no tendremos ni wifi —dijo Flynn.

—Y vamos a perder la compañía de tu melodiosa voz —añadió Peary en tono irónico.

«Yo también disfrutaré sin oír la tuya un rato».

—Yo también te quiero, querida.

***

Pensaba que el plan de Peary era un completo disparate. ¿Una furgoneta volando gracias a un globo aerostático? Ni siquiera había visto ningún videojuego donde pudieras hacer algo así. Aunque... podría molar, ¿no? Una furgoneta o un autobús escolar lleno de alumnos armados hasta los dientes que...

En fin, creo que empiezo a divagar. La cuestión es que funcionó. Estábamos sobrevolando Islandia a través de un sistema que, según Hexa Dal, no violaba los principios del orden natural de la Pachamama o de la Madre Tierra.

Quien nos viera pensaría que estábamos locos.

—Este país es... de cuento de hadas —jadeó Oli mirando por la ventanilla de la furgoneta la inmensidad del paisaje islandés.

La furgoneta ganaba altura sin ningún problema. No había ni vibraciones ni ruidos extraños. Todo parecía ser bastante seguro, a pesar de que Peary lo había improvisado en apenas un par de horas. Todo era una maraña de cuerdas atadas a un globo aerostático enorme. Antes de partir, había activado la llama del fogón que servía para calentar el aire, instalado en el techo. Luego había saltado hasta el asiento del conductor. Y simplemente había esperado que el globo nos elevara y que las corrientes de aire nos empujaran, con algo de fortuna, hacia el volcán, que se recortaba en el horizonte.

Habíamos conducido por carretera hasta aproximarnos a unos veinte kilómetros del volcán, de manera que solo debíamos cubrir esa pequeña distancia por los aires. Y menos mal que fue así, porque todo aquel viaje en globo parecía tan precario y víctima de los caprichos de las corrientes de aire que no creo que hubiéramos llegado nunca desde más distancia.

Parecía que estábamos en otro planeta. La tierra era negra y verde, inmensos campos de lava seca. Tierras en las que brillaba el sol de medianoche durante el verano y la aurora boreal durante el invierno. Una fina lluvia empezó a repiquetear en las ventanillas de la furgoneta. Una neblina fantasmagórica nos rodeaba.

—¿Sabéis que en este país piden permiso a los elfos para poder construir una carretera que atraviese un bosque? —nos explicó Peary, que había puesto música de Björk en la radio de la furgoneta, la cantante más internacional de Islandia, para ambientar el viaje.

—¿En serio? —exclamó Oli abriendo mucho los ojos.

La llovizna no dejaba de tamborilear sobre las ventanillas, pero a través de ellas atisbamos cascadas, acantilados agrestes, granjas aisladas con los tejados tapizados de hierba.

El paisaje era mágico.

Estábamos a punto de cruzar el perímetro del volcán. Comprobé una vez más mi detector del Vigilamatic. Nada. Silencio total. La voz de Burakov nos deseó suerte entre un concierto de estática, antes de extinguirse para siempre.

Estábamos solos.

Y, supuestamente, bajo nuestros pies se escondía el actual nido de los Realistas. Quienes habían vampirizado a Verkan. Quienes, además, pretendían arrasar el mundo con un virus que iba a transformar en salvajes asesinos incluso a los gatitos más monos.

¡YA HEMOS LLEGADO!
¡¿PERO QUÉ HACE, LOCO?!
TRANQUILOS, LO TENGO CONTROLADO.
TENGO QUE APAGARLO PARA DESCENDER.
¡ALLÁ VAMOS!

POM
¿LO VEIS? TODO CONTROLADO.
YO ME QUEDARÉ AQUÍ, ATENTO POR SI TENEMOS QUE SALIR PITANDO.
LA ÚLTIMA SEÑAL DEL VIGILAMATIC VINO DE AHÍ ABAJO. LAS INTERFERENCIAS DE LA ZONA BLOQUEARON SU SEÑAL.

¿CÓMO PUEDES ORIENTARTE?
POR AQUÍ.
USO MIS ÓRGANOS ALTERADOS GENÉTICAMENTE.
CAPTO LAS FEROMONAS QUE DEJAN LOS OTROS REALISTAS. NOS LLEVARÁN HASTA EL NIDO.
LOS HUMANOS TAMBIÉN PODÍAN HUSMEAR, PERO FUISTEIS EVOLUCIONANDO A PEOR.

POR ESE POZO MEJOR NO.
POR ESE... TAMPOCO.
AQUÍ, SALTAD.
¿QUÉ?
NO TENGÁIS MIEDO.
YUJU.
¡VAMOS ALLÁ!

AAAAH
¡BAJAMOS POCO A POCO!
¡OS LO DIJE!
¡MIRAD ESO!
¡AHHHH!
¡CTHULHU!

CAPÍTULO 16

Nos habíamos precipitado como plumas gracias a los mismos principios que permiten que un globo lleno de aire sea capaz de levantar el peso de una furgoneta. Las corrientes de aire caliente habían frenado nuestro descenso en los últimos metros, antes de tocar el suelo.

—Hemos caído como si fuéramos confeti —dijo Oli limpiándose la cara de barro, como si me hubiera leído la mente y quisiera otorgarle a las plumas un aire más festivo y colorido. Como de costumbre, entre Oli y yo había una sintonía casi sobrenatural.

—Esto ha sido mil veces más emocionante que cualquier montaña rusa —jadeaba Flynn.

—Creo que se me ha salido el corazón cuando estábamos a unos mil metros de altura —jadeé yo, tratando de recuperar el resuello.

—Yo creo que me he desmayado mientras gritaba, luego me he despertado y he seguido gritando —volvió a intervenir Flynn.

Hexa Dal, sin embargo, parecía no haber perdido la compostura. Como si en su vida lo habitual fuera tirarse desde una altura descomunal, confiando en frenar a tiempo la caída para evitar convertirse en una mancha en el suelo.

Además del freno que habían supuesto las corrientes de aire caliente, no habíamos caído en una superficie dura y rocosa. El suelo era blando. Llamarlo suelo, de hecho, era bastante impreciso. Más bien era una masa cenagosa, un montón de barro que recordaba a una enorme piscina de agua negra.

Así pues, mientras avanzábamos conducidos por Hexa Dal por aquel escenario de pesadilla, más que andar, chapoteábamos. Afortunadamente, a medida que abandonábamos la zona de aterrizaje, el suelo se fue tornando más seco y más consistente a nuestras pisadas.

—Por cierto —le dije entonces a Hexa Dal—, ¿cuántos metros hemos caído? En el cielo solo hay nubes oscuras, ni siquiera veo el techo de roca del volcán.

—Estamos mucho más abajo que el volcán. Si no vislumbras el techo de tierra, es porque su altura es superior a los tres mil metros. Aquí se ha creado una atmósfera propia.

—¿Más de tres mil metros? —exclamé con el pánico instalado en la voz—. ¿Cómo vamos a salir de aquí?

—Eso es algo que deberemos resolver más tarde.

Estuve a punto de replicar que esa no me parecía una respuesta razonable, pero finalmente me encogí de hombros. El Realista tenía razón, después de todo. Ya que estábamos allí, la prioridad era rescatar a Verkan. A continuación ya encontraríamos una salida entre todos. Éramos un superequipo internacional, como había quedado demostrado en las diferentes misiones alrededor del mundo. La CIA y el MI6 se nos tendrían que rifar.

Paso a paso, fuimos dejando atrás aquella especie de playa negra. Hexa Dal no paraba de olfatear el aire, en busca de trazas de feromonas que pudiera descifrar con su nariz alterada genéticamente. Entonces, como si todos hubiéramos caído en la cuenta de que nos estábamos adentrando en territorio enemigo, desenfundamos nuestras pistolas de grumo paralizante.

La luz era tenue, apenas éramos capaces de ver lo que teníamos delante más allá de cien o doscientos metros. Era como estar en una película de terror. Así que aferré más fuerte la pistola por la culata, dispuesto a disparar a cualquier cosa que apareciera entre la bruma.

—Por aquí —señaló Hexa Dal. Fijamos la vista en la dirección que apuntaba su dedo, pero solo divisamos más bruma.

Continuamos andando poco a poco y, entonces, apareció progresivamente una especie de edificación. Tenía forma ovalada. Recordaba al caparazón enorme de una tortuga. Era marrón y negra y, a medida que avanzábamos hacia ella, descubrí que su superficie también era rugosa. Más que una concha sólida, parecía algo vivo, carne oscura y palpitante.

—¿Qué WTF es eso? —le susurré a Hexa Dal.

—Parece una caca enorme —susurró Oli.

—Cuidado, quizá haya alguien dentro —susurró Flynn.

Hexa Dal, sin embargo, habló con total normalidad.

—No tengáis miedo. Es un habitáculo Realista. Una vivienda típica para obreros. Pero está vacío, no hay nadie.

—¿Cómo lo sabes? —inquirí yo.

Hexa Dal señaló en otra dirección.

—Fiesta. Oigo notas musicales de fiesta. Están todos celebrando el Salve Odín, una fiesta típica que antecede a una misión de salvación.

Pestañeé dos veces, incrédulo ante lo que estaba viendo.

—Estoy flipándolo mucho. ¿Y esa luz verde que parece de discoteca?

—Bioluminiscencia. Se extrae de las enzimas de ciertos animales. Es la señal del Salve Odín, la fiesta antes de la guerra.

¡ESTO APESTA!

Según nos explicó Hexa Dal, una vivienda obrera era lo más parecido a un estómago gigante. Y, de hecho, por el aspecto y el olor, sin duda parecía que nos hubiéramos metido en las entrañas de una ballena o un dinosaurio. Casi me pareció distinguir sustancias medio digeridas por el suelo.

Por lo visto, allí había todo lo necesario para que los obreros pudieran sobrevivir. Una pequeña plantación de hongos para alimentarse, un segregador de líquido azucarado para saciar la sed y, sobre todo, un mezclador de Caldo Primordial.

—El Caldo Primordial es un generador de vida. Una gran masa de citoplasma que contiene millones de núcleos celulares. Con él podemos diseñar organismos desde cero para diferentes funciones. Es como un laboratorio biológico mezclado con un útero artificial.

—Qué asqueroso todo —dijo Flynn arrugando la nariz.

—Vale, este parece lugar seguro, ¿qué hacemos ahora? —le pregunté a Hexa Dal, inquieto.

—Todos están en el Salve Odín. La fiesta durará muchas horas. Mientras dure, podemos estar tranquilos aquí. Nadie nos espera. Nadie puede imaginar que un humano sea capaz de encontrar la entrada a este lugar.

Me acordé del momento en que saltamos al vacío. Estaba convencido de que nadie en su sano juicio haría algo así, si es que antes hallaba la entrada correcta. Éramos los primeros humanos con un GPS en forma de Realista.

—Es una casa muy confortable —intervino Flynn con sarcasmo—, pero no pienso mudarme aquí con vosotros. ¿Dónde crees que estará Verkan?

Hexa Dal se sentó en una especie de butaca bulbosa. Más que una butaca parecía un moco marrón gigante.

—Estará trabajando. Es un esclavo. Solo podemos estar seguros de su localización si vamos al Salve Odín. Lo más probable es que esté allí. Si no es así, siempre podemos preguntar a alguien.

—¿Preguntar a alguien? —repetí yo elevando un poco la voz hasta que al final me salió un grito—. Te recuerdo que tus amigos están planeando destruir el mundo usando a gatitos vampiro.

—A lo mejor si Hexa Dal les pregunta, son amables —intervino Oli toqueteando con el dedo índice una especie de moco verde que segregaba un apéndice del techo. ¡Puaj!

—Yo soy impío —dijo Hexa Dal—, ya no merezco su respeto. He desertado. Soy un traidor. Si me ven, me convertirán también en un esclavo. O quizá me usarán como comida.

Arrugué la cara horrorizado.

—Joder, tienes unos amigos muy chungos, tío. ¿En qué momento se te ocurrió formar parte de esta banda?

Hexa Dal suspiró.

—Hubo un tiempo en que estaba de acuerdo con su forma de ver el mundo. Ahora ya no. Por eso a mí no pueden verme, pero a vosotros no os conocen.

Retrocedí dos pasos y puse las manos delante de mí, como si fuera un portero de fútbol que quisiera protegerse de un pelotazo demasiado violento.

—Espera un segundo... ni de coña vamos a meternos en el Salve Odín. ¿Estás loco? Somos humanos, en cuanto nos reconozcan estamos perdidos.

Hexa Dal se desplazó hacia un extremo de la vivienda y acarició aquel órgano lleno de líquido verde burbujeante que había llamado mezclador de Caldo Primordial.

—Con esto podemos crear organismos sencillos, pero también dispone de un captador de ADN. Una vez introducido, es capaz de replicarlo y generar un organismo clónico.

Me froté la barbilla, pensativo.

—O sea... que si pongo una muestra de mi ADN en esa cosa, ¿puedes hacerme una copia de mí mismo? —pregunté recordando cómo Ogro había logrado despistar a los matones de Pahlevi en Asjabad usando una copia de la cara de Verkan impresa en 3D—. Entonces esto es como una especie de impresora 3D, ¿no?

—No sé lo que es una impresora 3D. —Hexa Dal se encogió de hombros.

—¡Claro que lo es! —exclamó Flynn, entusiasmada. Su cabeza ya estaría funcionando a todo trapo, buscando formas creativas de usar aquel chisme para superar nuestro problema. El cerebro de los que juegan demasiado a videojuegos funciona así.

—¿Entonces podemos imprimir una copia de Rubius? —insistió Oli—. Si podemos hacer eso, podríamos enviar la copia a esa fiesta de Realistas y que el doble investigue. Si lo cogen, pues la palmará él.

Hice un gesto de malestar que me salió de forma instintiva.

—Bueno, a ver... si es una copia exacta de mí, me va a dar un poco de cosa que se la carguen.

—Pero es como si esto fuera un videojuego —insistió Flynn examinando más de cerca el mezclador de Caldo Primordial—. Tienes varias vidas. La copia es una de tus vidas. Si la pierdes, te quedan otras. Sigues adelante.

Hexa Dal intervino:

—La copia no es exacta. El mezclador solo concibe organismos sencillos.

—Bueno, entonces como las impresoras 3D —dije yo—. Su definición no siempre es tan precisa como la propia realidad, por eso algunas figuras complejas no quedan bien del todo. Pero yo soy el máster del Taller 3D, se me da muy bien.

—El problema es otro. El cerebro humano es demasiado complejo para ser copiado. Solo conseguiremos una copia base, una copia muy simplificada de tu cerebro. Tu copia será casi como una marioneta, un muñeco. No sé hasta qué punto podrá hacer algo más que entender órdenes muy simples. Quizás ni siquiera sea capaz de eso y no pueda moverse del sitio.

Suspiré.

—Vale, quizá funcione o quizá no. Lo sabremos cuando lo probemos. ¡Manos a la obra! ¿Cómo me saco una muestra de

ADN? Nada de agujas ni nada de sacarme sangre, ¿eh? Les tengo pánico y me mareo, y...

Antes de que terminara de hablar, Hexa Dal se había puesto a mi lado y había hecho un movimiento fugaz con el dedo índice en mi brazo.

—Ay —protesté al notar como si un mosquito me hubiera picado en la piel. Una gotita de sangre se había formado justo en el lugar donde Hexa Dal me había clavado la uña.

Sin más preámbulos, introdujo la uña con mis restos orgánicos en un orificio del mezclador de Caldo Primordial para, acto seguido, oprimir unas bolsas llenas de líquido que me recordaron a las ubres de una vaca. Por un segundo me imaginé que Hexa Dal era el abuelito de Heidi ordeñando una vaca demoníaca y casi se me escapa la risa, pero el pinchazo de mi brazo me dolía un poco y no tuve ánimos de reírme.

Oli se asomó al líquido burbujeante que Hexa Dal había extraído.

—Cómo mola todo esto. Somos como brujas preparando una pócima en un caldero.

—Yo no lo hubiera definido mejor —señaló Flynn sin perder detalle de todo lo que sucedía.

—Yo prefiero pensar en una impresora 3D —insistí yo, porque lo de las brujas me daba yuyu. Bueno, en realidad me daba más yuyu lo que estaba a punto de pasar. En teoría, estaba a punto de formarse en aquel líquido una copia de mí mismo. Una copia mal hecha, tonta, simple y un poco mutante, a lo Frankenstein. ¿Le caería bien? Claro que sí, era un Rubius. Los Rubius somos una gran familia.

Sí, todas esas tonterías eran las que estaba pensando en aquel momento para calmar mis nervios. Por fin, mi copia, a la que decidí llamar Copia 1, nació. Literalmente.

UH... ¿TENÍA QUE SALIR DESNUDO? ¡CUIDADO DÓNDE MIRÁIS, JOVENCITAS!
LEVANTA EL BRAZO.
¡NO CUMPLIRÁ SU TRABAJO! ¡HEMOS FRACASADO!
¡ESPERA UN MOMENTO!

A VER, ¿DÓNDE ESTÁN?
¡AQUÍ ESTÁN!
¡LOS NANORROBOTS!
A VER SI PODEMOS HACER UN JACINTO.
¿EL QUÉ?
¡COSAS NUESTRAS!
AY... ¿FUNCIONARÁ?

CAPÍTULO 17

¡Funcionaba! Al principio, parecía que se resistía a obedecer las órdenes que le transmitía, pero finalmente lo hizo con la misma fluidez que Jacinto. Ahora podía enviar una copia más o menos aproximada de mí al terreno enemigo sin riesgo de que nos pasara nada. Era como un títere.

Sin embargo, no podía evitar que me diera algo de pena. Era como yo. Un clon. En parte, sentía que me estaba enviando a mí mismo. Pobre Copia 1.

—Es alucinante —dije manipulándole un poco para que bailara a nuestro alrededor.

—Haz que dé una voltereta —exclamó Oli, entusiasmada.

—Si logro sacarle con vida de aquí, me lo quedo, y lo usaré para que vaya a clase por mí —señalé carcajeándome como un bobo.

Hexa Dal nos recordó que estábamos en plena misión, y que Copia 1 no iba a sobrevivir si no le disfrazábamos como un Realista más. Era la única manera de infiltrarse en el Salve Odín sin llamar la atención.

Tras rebuscar en los armarios de la vivienda, nos hicimos con ropa adecuada. Además, lo de tener una copia de mí mismo desnudo no me hacía sentir cómodo. Si Copia 1 era igual que yo, todos podían ver mis intimidades.

Mientras le vestíamos, Hexa Dal le tintó el cabello de azul con una sustancia pegajosa, y también le hizo unas líneas en la cara con otro color. Poco a poco, se iba pareciendo más a un solista de heavy metal de los años ochenta, que por lo visto era el estilo canónico en aquel lugar.

—Me ha dejado muy loco que con ese caldo y una muestra de mi ADN se pueda hacer una copia tan exacta de mí. Es como magia.

Hexa Dal se encogió de hombros, como si aquello no fuera nada excepcional.

—Todos los organismos tienen un libro de instrucciones en cada una de sus células, el código genético. Si logras leer el ADN, conoces todas las instrucciones de montaje y ensamblaje del organismo. Es como tener las instrucciones de un rompecabezas de billones de piezas escritas con mucho detalle. Basta con escribir exactamente lo mismo en otro grupo de células para que estas se unan de la misma forma. En este caso, la tuya.

—O sea, que todos nosotros somos como un puzle —señaló Oli.

—A mí me recuerda más al código informático de ceros y unos —matizó Flynn—. Solo escribiendo largas cadenas de ceros y unos puedes crear cualquier programa, cualquier juego, cualquier personaje para que se mueva, dispare una flecha o vuele por el espacio.

—No entiendo de códigos informáticos, pero parece similar al código de la vida —advirtió Hexa Dal, cabeceando—. Cada célula de nuestro cuerpo contiene una secuencia de ADN de 3.200 millones de letras de longitud, pero en vez de estar escrita con ceros y unos, lo está con cuatro letras: la A, la C, la G y la T.

Flynn enarcó una ceja.

—Y ¿por qué esas cuatro letras?

—Creo que deberemos dejar la clase de biopunk para otro momento. Copia 1 ya está preparado. Nos espera el Salve Odín. Rubius, tu turno.

Desperté de mi ensimismamiento, imaginándome una biblioteca de millones de libros escritos con solo cuatro letras diferentes, que contuviese toda la información de todos los seres vivos del mundo.

—Vale, allá voy. Deseadme suerte.

—¡Suerte! —exclamó Oli plantándome un beso en la mejilla—. Lo harás muy bien.

Fingí que no me había muerto de la vergüenza y empecé a gobernar a Copia 1 con el telemando.

—No me lo puedo creer, ya estamos dentro —dije apretando la mandíbula, sin perder ni un segundo de concentración.

Copia 1 se encontraba como en el interior de una carpa hecha de piel, una especie de discoteca Realista, la típica rave alocada. Líquidos bioluminiscentes corrían por recipientes y tuberías orgánicas, iluminando de verde, azul y rojo el lugar. Sonaba también una música atronadora y extraña creada por esfínteres, unos orificios que había en algunos rincones, en el suelo y las paredes. Aquel sonido rítmico, que pretendía ser música, estaba generado literalmente por gases. «Esto es como un concierto de pedos», tuve que admitir.

Nadie parecía fijarse en mi copia. Todos andaban a sus cosas. La mayoría bailaba con los ojos cerrados. Aun así, no podía confiarme y debía mantener la máxima concentración, porque de vez en cuando me cruzaba con algún Realista que me miraba con cierta extrañeza.

Mantener la concentración, sin embargo, me estaba costando un poco, porque Oli estaba muy inquieta.

—Cuando estoy nerviosa, tengo hambre —decía—, ¿aquí no hay nada para comer?

Hexa Dal dejó de enseñar a Flynn a producir otra copia de mí, por si perdía la primera vida, y mostró a Oli cómo obtener alimento exprimiendo algunos de los órganos vivos de aquella vivienda orgánica.

—Esto es bueno, es dulce —dijo.

Oli probó un poco y emitió un sonoro «ecccs».

—¡Sabe a pipí!

—No voy a preguntarte cómo eres capaz de reconocer el sabor a pipí —murmuró Flynn.

—No es orina —les advirtió Hexa Dal con un tono de voz ligeramente ofendido—, es sirope hipogloso. Una delicia.

—Creo que me conformaré con un poco de agua —resolvió Oli.

—El agua sale de esta vejiga.

—¿Has dicho vejiga? Creo que entonces esa agua me va a volver a saber a pipí.

Justo entonces emití un quejido.

—Chicos, creo que hay problemas.

Hexa Dal, Oli y Flynn se asomaron a la pantalla integrada de mi telemando para comprobar qué le ocurría a Copia 1.

—Son soldados —me confirmó Hexa Dal.

Justo dos soldados me estaban pidiendo que los acompañara mientras me agarraban del brazo. Al parecer, su jefe quería hablar conmigo. Tragué saliva, y seguramente Copia 1 también lo hubiera hecho de haber tenido la posibilidad.

—Estamos listos... —dijo Flynn.

—Todavía no —replicó Hexa Dal—, si mantenemos la calma, no nos descubrirán. Nadie puede ni siquiera sospechar que estamos aquí, aunque ya puedan estar al corriente de que hay un grupo de humanos que está metiendo las narices donde no debe.

Los dos soldados condujeron a Copia 1 hasta un reservado. Su jefe estaba repantigado en una especie de sofá hecho de piel. Su aspecto era amenazador: cabello blanco, músculos enormes, una fea cicatriz que le cruzaba la cara, sonrisa torva y desdentada.

Al poco de hablar entre ellos, el traductor universal nos reveló que aquel jefe recibía multitud de nombres, apelativos, títulos y seudónimos, como correspondía a un Realista de su condición. Por su cabello, como leche desparramada, a veces le llamaban Crin Nevada. Otras veces, atendiendo a sus ojos blancos sin iris, le llamaban Mirada Negra. Por si fuera poco, el lenguaje era aún más florido y rebuscado que el de Hexa Dal. Muchas de las cosas, de hecho, las llamaban por expresiones poéticas que requerían que las interpretásemos sobre la marcha.

Por ejemplo, para referirse a la lengua decía «espada de la boca».

El mar era el «prado de la gaviota».

La espada era la «vara de la ira».

El barco era el «potro de la ola».

La mano era el «país de los anillos de oro».

Los ojos eran las «piedras de la cara».

El pecho era la «casa del aliento».

El río era la «sangre de los peñascos».

El guerrero era el «teñidor de espadas».

—Son metáforas de la poesía vikinga —nos informó Hexa Dal.

Una de las camareras itinerantes, de rostro desfigurado y boca sellada por hilo de coser, se aproximó a Copia 1 y le ofreció una copa orgánica de líquido azul. Hice que Copia 1 disimulara y bebiera de la copa.

—¿Cómo te llamas? —le preguntó entonces aquel jefe a Copia 1.

—Me llamo Donnhetril —respondió Copia 1 repitiendo las palabras que le decía Hexa Dal.

—No me suenas. Se supone que somos una colonia, ¿cómo explicas que no me suene ni tu cara ni tu nombre?

—Pues...

—Vamos, sonríe. Esto es una fiesta. Relájate. No tienes nada que temer si formas parte de la colonia. Si no es así, entonces sí que deberías tener mucho miedo.

Empezaba a inquietarme: Copia 1 se estaba metiendo en un callejón sin salida. Trataba de seguir todas las indicaciones de Hexa Dal, pero la situación se estaba volviendo cada vez más embarazosa.

En ese momento, uno de los soldados le formuló a Copia 1 una pregunta muy extraña. Era tan incomprensible que el traductor se quedó mudo.

—¿Qué hago? —pregunté, totalmente desorientado.

—Ríete como si fuera una broma y a continuación pon cara de póquer —se apresuró a indicarme Hexa Dal.

Hice lo que pude, pero el control sobre Copia 1 era muy básico.

—Creo que lo de la cara de póquer lleva media hora haciéndolo porque su cara no se mueve.

—¿Has bebido demasiado? —le espetó el soldado cuando Copia 1 esbozó una sonrisa muy extraña. La clase de mueca que se hace cuando te deslumbra el flash de una cámara.

—Señor, creo que está muerto de miedo —le comentó el otro soldado, que se paseaba alrededor de Copia 1, examinándole con mucha atención.

—Eso está claro —le concedió el jefe—. No dice palabra. Está sudando. Y ni siquiera ha mirado a la camarera que acaba de pasar por su lado, a pesar de que era muy sexi.

Frente a esa acusación, tuve que improvisar rápidamente como pude, así que opté por hacerme el duro.

—No digo palabra porque no tengo nada que decir. Estoy sudando porque hace calor. Y no he mirado a la camarera sexi porque ya la había visto antes.

—¡Ja! —exclamó el soldado—. Me encanta este tío. Deberías ser soldado, como nosotros. Porque tú eres obrero, ¿verdad?

—Sí, soy obrero.

—¿Seguro? No tienes aspecto de armador de sueños.

—¿Armador de sueños? Eh... sí, eso es lo que soy.

—¿Y dónde está tu marca de nacimiento?

—Eh... espera, se me ha borrado.

Aquel diálogo tan tenso no podía durar mucho. Creo que estaba a punto de perder a Copia 1. Acababa de empezar la partida, y se me iba la primera vida.

PARECE INOFENSIVO.
PFFFF
¡LLEVADLO AL AGUJERO!
ME HAN PILLADO. SUENA MUY MAL ESO DE LLEVARME AL AGUJERO.

CAPÍTULO 18

Me había comportado como un noob de libro. Afortunadamente, Copia 2 ya estaba impresa. Hexa Dal, Flynn y Oli se habían preocupado de disfrazarlo mejor. Esta vez, también tenía una pequeña marca, el tatuaje que reflejaba su condición de obrero.

Respiré hondo antes de gobernarlo. Tenía que ser mucho más cuidadoso, evitar el contacto visual con los soldados. De hecho, opté por entrar directamente al centro de aquella rave. Me internaría por la periferia y, desde allí, iría observando el escenario, en busca de pistas que me pudieran conducir a Verkan. Realmente era como familiarizarse con un videojuego del que todavía no conoces muy bien las reglas. Esa clase de videojuegos eran los más divertidos y apasionantes... siempre y cuando la vida de tu amigo no estuviera en peligro de verdad.

Copia 2 se dirigió raudo por otra entrada a la fiesta y avanzó entre un grupo de Realistas que bailaban desbocados. Esta copia parecía ser un poco más fiel a mí, porque al menos su forma de caminar era algo más ordenada.

—Tranquilo, Rubius —me iba diciendo Flynn—, no te estreses. Vas muy bien.

—Si necesitas descansar, cojo yo los mandos —me dijo Oli.

Una gota de sudor me corría por la frente y me picaban un poco los ojos, pero estaba bien. Iba a conseguirlo.

—De momento, creo que pasamos desapercibidos —murmuré.

Hexa Dal chasqueó la lengua, antes de advertirme:

—Cambia de dirección, entra por aquel pasillo, he visto a lo lejos a los soldados de antes.

—Uf —exclamé—, solo falta que se den cuenta de que tiene un hermano gemelo igual de tonto.

—Dos tontos muy tontos —dijo Flynn aludiendo a aquella película que tanto me había hecho reír cuando era niño.

—Ese comentario tan cinéfilo lo podría haber hecho Verkan.

—Lo sé.

Y a todos se nos encogió un poco el corazón. Era sorprendente, pero echábamos de menos a Verkan, a pesar de todo. Porque, indicara lo que indicase el WatchFriend, Verkan era nuestro amigo.

En el centro de aquella fiesta, un grupo de unos veinte Realistas comenzó a gritar y alzar los puños mientras la música ejecutada por pedos subía de volumen.

A través de los altavoces del telemando nos llegaban los cantos que entonaban. Eran como *hooligans* horas antes de que empezara el partido de su equipo favorito. A diferencia de ellos, aquellos Realistas decían cosas como que muy pronto el reino de Gaia se impondría en el mundo. Que el reino humano estaba a punto de llegar a su fin. Que la vida crecería desaforada por cada poro del suelo. Que los animales cuadrúpedos camparían a sus anchas por carreteras y autopistas. Que las aves anidarían en los rascacielos.

Me entraron escalofríos. Más que *hooligans,* me recordaron a uno de esos grupos terroristas de las películas.

—Eso que dicen no suena muy bien —murmuré.

—El ataque está muy cerca —tuvo que admitir Hexa Dal.

Suspiré, antes de responder:

—Lo sé. Y vamos a pararlo. Pero antes, tenemos que encontrar a Verkan. Cuando esté con nosotros, ya pensaremos cómo detener esta locura.

Hexa Dal me acarició el pelo y enderecé la columna. ¿A qué venía aquel gesto de cariño?

—Los humanos sois nobles —dijo entonces—, no sé por qué creí que todo lo malo del mundo era culpa vuestra. La culpa la tienen algunas personas, no todas las personas. Ninguna especie merece ser extinguida por los pecados de algunos de sus individuos.

—Amén —fue lo único que se me ocurrió decir habida cuenta de que no conocía nada bien las costumbres de los Realistas.

—Amén —repitió el Realista, que supongo que andaba igual de perdido que yo en lo referente a las costumbres humanas.

—Brindo por todo eso —terció Oli—, nada de dejar que se extingan ni los humanos ni las focas ni los gatitos ni ningún otro animal.

—Ni vegetal —añadió Flynn.

—Greenpeace estaría orgulloso de nosotros ahora mismo —tuve que admitir.

—Alerta, Rubius —me interrumpió entonces Hexa Dal—. Ahora tuerce a la derecha y acércate a aquel Realista con el pelo rasurado. Creo que trabaja en los laboratorios. Allí necesitan mucha mano de obra como Verkan.

Oprimí las teclas del telemando para que Copia 2 se dirigiera hacia aquel Realista que hablaba animadamente con una de las camareras de boca sellada. Es decir, que no había un diálogo, sino un monólogo. Algo muy típico de los tíos que quieren ligar.

—Ejem —hice que dijera Copia 2.

El tipo no me hizo ni caso. Como si no existiera.

—Ejem —repetí.

El Realista giró la cabeza lentamente y me miró con ojos inyectados en sangre. Ahora me daba cuenta de que de su frente nacían dos cuernos pequeños. ¿Serían implantados? ¿O quizá era un efecto de la reescritura de su ADN?

—¿No ves que estoy ocupado, obrero?

Y, entonces, ¡zas! Una mano se posó en mi hombro. Bueno, en el hombro de Copia 2, si bien casi noté el tacto en mi propio hombro, lo que me hizo dar un pequeño respingo.

¿CÓMO TE LLAMAS? NO RECUERDO HABERTE VISTO POR AQUÍ.
UH...
PERO IGUAL ES PORQUE HEMOS BEBIDO MUCHO ZUMO DE KIRKIRI.
¿TE GUSTA EL KIRKIRI? JAJAJAA
TÚ, PARECES MAJO, VEN CON NOSOTROS. ¡TE VAMOS A ENSEÑAR ALGO MUUUUUUUY FANTABULOSO!
VALE.
EL EDIFICIO DE LOS EDIFICIOS.

OJO, **PUEDE** QUE ME ESTÉN LLEVANDO A LA FÁBRICA DE **ENZIMAS**.
MMM... ¿POR DÓNDE ERA?
CREO QUE POR AHÍ.
PERO TOMA, BEBE.

YA TE LO HAS BEBIDO TODO.
¡AQUÍ ESTÁ, UNA ZONA DE BIOMODIFICACIÓN DE ADN!
VAYA.
¿VAYA? ¿DÓNDE ESPERABAS QUE TE LLEVÁRAMOS?
¿QUÉ MIRAS? VEN POR AQUÍ, VAS A ALUCINAR.
¡ES VERKAN!

No me lo podía creer. ¡Era Verkan! O, al menos, el cuerpo que antes contenía a Verkan, porque ahora parecía otra persona con aquellos ojos negros.

—Mucho cuidado, no podemos llamar la atención —me iba susurrando Hexa Dal mientras yo gobernaba a Copia 2. Me hablaba tan de cerca que sentía su aliento en la oreja. Era un poco incómodo, quizá demasiado íntimo. Pero quién sabe cuáles son las normas de intimidad de los Realistas...

Intentaba desembarazarme de los dos obreros borrachos, pero no había forma. Parecían empeñados en mostrarme un nuevo sistema de modificación del cuerpo que ellos mismos acababan de diseñar. O, al menos, eso creían, porque mucho me temía que dos personas con esos niveles de alcohol en la sangre no hubieran sido capaces de ni de enhebrar una aguja (al menos no antes de dos o tres mil tambaleantes intentos).

—Mira, compañero, es un hidroxígeno encapsulado para cambiar el color de la piel —me decía uno señalándome ansiosamente un artefacto biológico que me recordaba a una nariz resfriada de la que no deja de gotear moco verde.

Según me iba informando el propio Hexa Dal, los obreros eran muy aficionados al biohacking. Si Flynn hackeaba los sistemas informáticos, aquellos Realistas hackeaban por placer, por pura estética, los organismos vivos. Sobre todo sus propios cuerpos.

—Los expertos en este arte son los llamados arquitectos corporales —iba diciendo Hexa Dal con su característico tono de voz, inconsciente de los esfuerzos que estaba haciendo por mantener a Copia 2 lejos de los anhelos por experimentar de los dos obreros—. Son artistas de la construcción tectónica orgánica, estilistas de los tejidos y los fluidos. Ácido para la cara, sustancias vesicantes para los antebrazos, tatuajes de fuego, *piercings* glandulares, polimerización ocular, policromía impresionista tanto para la carne como para el cabello, nuevas regiones del sistema nervioso, y un largo etcétera. Cuerpo y mente concebidos como obras de arte.

—Vale, pero ahora no es el momento de hacerse un *piercing* —zanjé yo oprimiendo un tanto nervioso varios botones del telemando.

—¡Verkan! —obligué a que exclamara Copia 2.

Sin embargo, Verkan continuaba a lo suyo. Sin duda me tenía que haber oído, pero parecía no reconocer ni su propio nombre. ¿Qué diablos le habían hecho? Verkan era como Copia 2, salvo que, en vez de estar manipulado por nanorrobots, lo estaba por moléculas diseñadas por los Realistas. Era inútil hablar con él. Solo me quedaba llevármelo por la fuerza, arrastrarlo hasta la vivienda en la que estábamos refugiados.

—Lo siento, tengo que irme —hice que se disculpara Copia 2, retrocediendo y desembarazándose de los dos obreros.

—Pero ¿qué te pasa? —exclamó uno de los obreros—. Estás muy tenso.

—Tienes que beber más kirkiri —dijo el otro obrero avanzando hacia mí.

—Buf, pero qué pesados son los borrachos —mascullé forzando al máximo las funciones del telemando.

—Ni que lo digas —murmuró Flynn poniendo los ojos en blanco.

Entonces, tropecé. Bueno, no, quien tropezó fue Copia 2, pero lo hizo por mi culpa. Y, al tropezar, se cayó de bruces en una especie de pezón que surgía del suelo y del que manaba un grumo blanco.

—¡Cuidado! —gritó uno de los obreros esbozando una mueca de horror.

—Kaput —murmuró Hexa Dal.

—¿Qué pasa? ¿Qué ha pasado? —iba preguntando yo.

—Kaput, muerto —repitió Hexa Dal en tono fúnebre.

El espectáculo que estaba ofreciendo Copia 2 debía de ser espeluznante porque, justo antes de que se apagara la pantalla como prueba de que todas sus nanomáquinas se habían frito, pude ver con el rabillo del ojo de Copia 2 cómo Verkan, por primera vez, se giraba hacia él y se le quedaba mirando. Sus cejas se arquearon ligeramente. Ignoro si por la sorpresa de ver cómo Copia 2 era destruido o porque, quizás, le sonaba de algo aquella cara. Tal vez Verkan sí que me recordaba. Tal vez no todo estaba perdido. Al menos para nosotros, porque Copia 2 había perdido la vida, sin ninguna duda.

—Una sola gota de esa sustancia es suficiente para cambiar unas cuantas líneas de código de tu genoma, pero al caerte sobre el emulsionador... kaput —repitió Hexa Dal, que a veces se ponía muy pesado cuando le cogía cariño a una palabra.

Había perdido a Copia 2. Segunda vida. El Caldo Primordial de aquella especie de impresora 3D biológica que había en la vivienda donde nos refugiábamos ya había generado a Copia 3. Era la tercera vida, también la última.

—Hemos gastado demasiado caldo —me advirtió Hexa Dal—, no podremos hacer más copias de ti. Ni siquiera si me dejas pincharte de nuevo para sacar sangre. Es tu última oportunidad. Si no lo consigues ahora...

—Sí, ya, kaput —le interrumpí a punto de decirle que no era muy hábil dando ánimos a la gente.

Al menos, ya habíamos localizado a Verkan. Tan solo debía colonizar el sistema nervioso de Copia 3 con más nanorrobots, gobernarle a toda velocidad hacia esa especie de rave que llamaban Salve Odín, esquivar a los obreros borrachos y a los soldados que deseaban meterme en el agujero por el más mínimo desliz, coger del brazo a Verkan (si es que continuaba en el mismo sitio) y arrastrarlo a toda velocidad hasta nosotros. Pan comido, ¿no?

CAPÍTULO 19

BUENO, SOY UNA COPIA DE RUBIUS. ¿ESTÁS BIEN?
¿QUÉ PASA?
¿QUÉ HACES?
?

¡TENGO UN INTRUSO!
¿DÓNDE ME LLEVAS?
HE COGIDO A UN INTRUSO.
¿QUÉ CLASE DE OBRERO ES?

¿QUÉ TE PASA?
ESCLAVO, **VUELVE** AL BIOALMACÉN Y DESCARGA PROTEÍNA.
VOY A LLEVARLE AL **AGUJERO**.
SE ACABÓ.

Como suele decirse, Copia 3 había durado menos que un caramelo en la puerta de un colegio. Sin embargo, su sacrificio nos había servido para constatar una cosa. Algo realmente horrible. Verkan parecía estar dispuesto a traicionarnos por la causa Realista.

Como no teníamos tiempo de buscar la forma de crear más copias de mí, optamos por arriesgarnos. Cuando pierdes las tres vidas en un juego, existe la posibilidad de obtener una vida extra, una especie de segunda oportunidad. Es la última vida de verdad. La última oportunidad de todas. Si la perdías, entonces el Game Over no podía ser más rotundo.

A pesar de que nos estábamos arriesgando mucho, habíamos llegado demasiado lejos para rendirnos. Tras disfrazarnos tal y como habíamos hecho con Copia 1, 2 y 3, abandonamos la vivienda de los obreros y nos dirigimos al Salve Odín guiados por Hexa Dal.

—Creo que no he tenido más miedo en toda mi vida —murmuré yo notando cómo me temblaban las piernas.

—Saldrá bien —aseguró Oli, siempre optimista.

—Yo haré que Verkan vuelva con nosotros —dijo Flynn.

—Es por aquí —nos indicó Hexa Dal.

Me acerqué más a Oli. Tenía miedo de que nos pasara algo, pero aún temía más que pudiera perderla. Por un momento me volvieron a la cabeza las frases de mis vídeos taquiónicos. Volví a repetirme que el futuro lo escribimos cada día. Iba a reescribirlo a mi gusto, costara lo que costase.

Afortunadamente, no nos cruzamos con ningún Realista hasta llegar al último punto donde habíamos localizado a Verkan. Ya no estaba allí, pero Hexa Dal empleó su fino sentido del olfato para captar qué camino había tomado.

—Y por allí también huele a proteína. Los Realistas acumulan proteína en grandes depósitos para alimentar y dar fortaleza a la colonia. Verkan tiene que estar trabajando allí.

—Pues ¿a qué estamos esperando? —le apremié.

Avanzamos por varios pasillos que se bifurcaban sin cesar. Era como un laberinto, pero hecho de carne. En más de una ocasión me sentía como si estuviéramos atravesando el intestino de un animal gigante. A juzgar por cómo atufaba todo, la comparación no era nada descabellada.

Además, había pequeños insectos correteando por todas partes. ¡Qué asco!

Por fin, emergimos a una gran cámara abovedada en cuyo centro había un abismo. Un agujero de unos cien metros de diámetro, con algo que palpitaba entre las sombras. La proteína, sospeché, el alimento que otorga fortaleza a los Realistas. Todo estaba iluminado fantasmagóricamente y soplaba un extraño viento que parecía el aliento de las entrañas de la Tierra.

Una especie de pasarela estrecha cruzaba de punta a punta el agujero. Aproximadamente en el centro de su recorrido, Verkan estaba haciendo girar una gran rueda de madera de la que colgaba una cuerda. Hacía descender poco a poco una especie de armazón rectangular.

Era como un montacargas con el que estaba introduciendo en el abismo lo que parecía una gran masa de carne seca y apestosa.

Sin tomar ninguna precaución, Flynn se adelantó hasta ponerse justo en el principio de la pasarela.

—¡Verkan! —le gritó.

Él giró la cabeza y nos contempló impasible. Era incapaz de reconocernos. Como si fuéramos parte del decorado, nos dejó de mirar y continuó con su trabajo como esclavo Realista. Verkan parecía hechizado.

Flynn no se iba a rendir así como así, de modo que empezó a avanzar por la pasarela, aferrándose precariamente a unas barandillas confeccionadas con maromas gruesas y deshilachadas.

Mientras Hexa Dal vigilaba nuestra retaguardia, Oli y yo también nos desplazamos hasta el inicio de la pasarela. De las entrañas de aquel agujero apestoso brotaba un calor infernal. Era como un horno gigante.

—Ten cuidado —le grité a Flynn.

Ella continuó avanzando por la pasarela hasta llegar al encuentro de Verkan.

—Daos prisa —nos urgió Hexa Dal desde la entrada a la cámara—, ¡no tardarán en venir!

Flynn aferró el brazo a Verkan, tratando de mirarle a los ojos, esos ojos negros. Verkan se detuvo un momento, como si creyera estar recordando algo. Sin embargo, frunció el ceño y, de un manotazo, se deshizo de Flynn para continuar trabajando. A ella le cambió la cara, que se convirtió en una máscara de horror. Imagino que no era tanto el golpe que había recibido, como la sensación de que alguien en quien confiabas se estuviera comportando como un completo desconocido.

—¿Verkan? —volvió a repetir Flynn con la voz quebrada por la angustia—. Verkan, vuelve con nosotros. Peary está esperándonos fuera. Regresemos a casa. Ven conmigo, por favor. Soy Flynn. ¿No te acuerdas de mí? Soy Flynn...

Mientras hablaba, se fue aproximando de nuevo a Verkan sigilosamente, como si tratara de acariciar a un animal salvaje en mitad de la jungla, poco a poco, intentando no despertar su hostilidad natural.

Flynn volvió a cogerle del brazo, esta vez con más delicadeza. Verkan continuaba trabajando, empujando la rueda. Y entonces, su rostro se giró hacia ella. Todo pasó muy deprisa, pero pude detectar en su mirada negra que iba a ocurrir algo muy malo.

—¡Flynn! —grité avanzando a toda velocidad por la pasarela.

Verkan se había dado la vuelta con violencia, había tomado a Flynn por las axilas y la había lanzado al vacío. Yo corrí todo lo que pude, pero no llegué a tiempo.

Flynn caía. Mi corazón se detuvo. El rostro de Verkan no mostraba el menor de los sentimientos.

Afortunadamente, Flynn tenía reflejos y antes de perderse en el vacío, se había agarrado a la pasarela. Corrí hacia ella y me tiré cuan largo soy sobre la pasarela para tomarla de las muñecas y ayudarla a subir de nuevo.

Tórridas oleadas que brotaban del abismo se mezclaban con vapores de ácidos que hacían que me escocieran los ojos, pero seguí tirando de ella con todas mis fuerzas. Mientras lo hacía, Verkan nos continuaba mirando, impertérrito, sin mover un músculo.

Entonces las cosas aún se pusieron peor.

Por el otro extremo de la pasarela había aparecido un Realista que avanzaba hacia Verkan con expresión de malas pulgas.

—¿Qué está pasando aquí? —ladró—. ¿Quiénes son estos?

Verkan habló sin dejar de mirarnos.

—Intrusos.

El Realista se quedó quieto, detrás de Verkan. Por suerte, Hexa Dal y Oli se habían escondido y quedaban fuera de la vista del recién llegado.

—¿Intrusos? Eso es imposible. ¿De dónde venís? —se dirigió a nosotros.

Flynn jadeaba a mi lado, derrumbada. Yo también estaba agotado por toda la adrenalina que había segregado hacía unos segundos, porque nos había faltado muy poco para precipitarnos hacia aquella especie de horno de carne que había bajo nuestros pies. Pero no me sentí intimidado. Al revés, iba a plantar batalla.

Me incorporé con la mandíbula apretada y miré desafiante al Realista.

—Soy Rubius, y hemos venido a impedir el Muñeco Diabólico —mascullé.

Por un instante, el Realista se quedó sin palabras. Seguramente pensaba que alguien que se enfrentara así a él debía de esconder algún as en la manga... o quizá solo era un farol. En cualquier caso, optó por no arriesgarse. Se situó justo detrás de la espalda de Verkan, y le susurró: «Acaba con esos intrusos».

Verkan asintió y empezó a andar hacia nosotros tan impasible e imparable como la misma muerte.

—Verkan, tío, somos nosotros —le dije desesperado, pero él no se detenía.

Me cogió de las muñecas. Tenía una fuerza descomunal, y empezó a levantarme en volandas para tirarme al precipicio.

Actué por inercia, por instinto. Le propiné un rodillazo en el estómago. Verkan me soltó, retrocedió dos pasos.

—¡Ataca! —le volvió a ordenar el Realista.

De nuevo, vino hacia mí, mucho más rápido y violento, y me cogió por el antebrazo.

Entonces tuvo lugar uno de los momentos más alucinantes de mi vida. Uno de esos momentos que quieres recordar para siempre en tu memoria. Cuando todo encaja, se une perfectamente, y da sentido a tu vida.

Flynn se levantó a toda velocidad, se lanzó al cuello de Verkan y... le plantó un beso en los labios. Un beso furioso, desesperado y cariñoso a la vez.

Los labios de Flynn se separaron de Verkan, que seguía asiéndome con fuerza del brazo. Sus ojos ya no estaban negros. Mi tatuaje WatchFriend, entonces, pasó del rojo al verde. *¡Check!* Y Verkan fijó sus pupilas en las mías y me guiñó un ojo. Como única respuesta, hice una mueca que podría bautizarse como «estoy flipándolo a full».

Verkan me soltó el brazo, se giró hacia el Realista y le dio un empujón con todas sus fuerzas. El Realista cayó al vacío dejando tras de sí un alarido agudo, y desapareció entre los miles de kilogramos de proteína que había decenas de metros más abajo.

El beso de Flynn le había despertado. Como el beso transformó la rana en príncipe o también despertó a la Bella Durmiente de su letargo. Un beso de auténtico amor.

—¿Verkan? —fue lo único que se me ocurrió preguntar—. ¿Eres tú?

—Sí, y tú eres Rubius, no esa copia barata que hace un rato quería llevarme por la fuerza.

—¿Te acuerdas de todo? —exclamó Flynn lanzándose sobre él.

—Es como una especie de sueño, pero me acuerdo. Y ahora ya estoy despierto. Te quiero, Flynn. Vamos a salir de aquí. Pero antes... sé cómo van a lanzar el ataque terrorista. He visto el sitio. Os puedo llevar.

Tragué saliva. Verkan había despertado pero parecía otro Verkan, más aventurero, más apasionado, más molón. Y encima había protagonizado un beso de película.

Hexa Dal y Oli salieron de su escondite.

—¡Verkan! —gritó Oli—. ¡Has vuelto!

—¡Hemos de salir de aquí! —exclamó Hexa Dal.

—Nos iremos todos —dije yo—, pero antes vamos a salvar al mundo.

CAPÍTULO 20

Como esclavo, Verkan había podido explorar gran parte del nido de los Realistas, y sabía perfectamente dónde estaba el biolaboratorio. El lugar donde los alquimistas podían concebir sus pócimas, es decir, distintos productos químicos mezclados para obtener determinados efectos.

El lugar era cavernoso. Frente a nosotros distinguíamos una débil claridad rojiza, espectral. Las paredes estaban labradas en toda su superficie como si aquella estancia del tamaño de un campo de fútbol hubiera sido excavada centímetro a centímetro. Más que un laboratorio me recordaba a la bóveda de una catedral sostenida por hileras de columnas de piedra. Un colosal templo subterráneo en el que experimentar con sustancias prohibidas.

—Chsst —susurré a Oli cuando dio un respingo al toparse con una araña del tamaño de mi mano—, no hagáis ruido.

Nos habíamos deslizado por una abertura lateral que quedaba sumida en las tinieblas. Desde allí podíamos contemplar sin ser vistos a los tres Realistas que custodiaban el gigantesco caldero en el que burbujeaba una sustancia rojiza como el rubí. Allí debía de haber miles y miles de litros de aquel mejunje.

—Muñeco Diabólico —nos indicó Verkan en voz baja.

El caldero era como una olla de piedra, sobre la cual cruzaban distintas pasarelas de extremo a extremo. Por encima de estas, colgaba una especie de ubres de vaca del techo. Eran cientos de diferentes tamaños y formas. Cada ubre, al ser apretada, segregaba una sustancia química diferente. Era la versión biopunk de los morteros, las retortas y los tubos de ensayo de un laboratorio convencional.

Todos los Realistas estaban en el Salve Odín. Nadie custodiaba aquella preciada sustancia que muchos científicos humanos habían contribuido a hacer realidad. Supongo que los Realistas eran incapaces de imaginar que llegaríamos hasta allí.

El resultado del Muñeco Diabólico estaba frente a nuestros ojos. Tan solo habían usado sus ubres químicas para concebir la sustancia en cantidades industriales. Lo suficiente para contaminar el planeta.

Pero ¿cómo iban a llegar a distribuir toda aquella sustancia? ¿Cómo alcanzaría el Muñeco Diabólico a los animales?

Mientras estábamos agazapados, pensando cómo actuar sin ser vistos, Hexa Dal nos contó entre susurros cómo creía que los Realistas iban a propagar el virus.

—Estamos en las entrañas de un volcán. Sin los volcanes, no existiría la atmósfera en la Tierra, ni el aire, y nos moriríamos todos ahogados. En el pasado, al entrar en erupción, los volcanes escupieron al mundo los ingredientes básicos para la vida. Así pues, después de esas explosiones de lava y gas vino algo bonito. Los volcanes escupen y llegan a cualquier sitio.

—¿Entonces crees que van a provocar que el volcán en el que estamos entre en erupción para lanzar el Muñeco Diabólico? —pregunté.

—Big Burp, Gran Eructo —respondió Hexa Dal.

—Pero ¿solo con un volcán pueden llegar a todos los países? —preguntó Flynn, que ahora tenía cogido de la mano a Verkan, como si temiera volver a perderle.

Hexa Dal asintió lentamente.

—Cuando un volcán lanza toda su energía al cielo, las columnas de humo pueden serpentear a decenas de kilómetros de altura. El polvo recorre entonces la atmósfera, hasta dar la vuelta completa al mundo en apenas un par de semanas. En total, la erupción de un volcán mediano puede generar la energía equivalente a treinta mil bombas nucleares.

—Eso es mucha potencia —silbé yo incapaz de imaginar algo así.

—Los restos del virus llegarán a cualquier rincón del mundo en pocos días.

Apreté la mandíbula, tratando de pensar algo rápido. Evitar la erupción de un volcán me parecía una misión demasiado complicada. ¿Por dónde empezar? Sin embargo, había algo más fácil y asequible para nosotros.

—¿Y si echamos otras sustancias sobre Muñeco Diabólico y estropeamos la mezcla?

Hexa Dal meditó la propuesta entrecerrando los ojos.

—Puede funcionar, pero se darán cuenta tarde o temprano, y quizá vuelvan a crear de nuevo la sustancia para escupirla otra vez.

—Entonces, desmantelemos todo el biolaboratorio y las fórmulas químicas —sentenció Verkan.

Oli se agitó, nerviosa y entusiasmada.

—Desmantelar, destruir y arrasar me parecen soluciones muy razonables —dijo entre dientes.

Sonreí. Miré de nuevo a mi alrededor para comprobar que, en efecto, no había ningún Realista custodiando el biolaboratorio. Ya podíamos abandonar nuestro refugio. Y empezar con el caos.

—Vale, me parece bien. Hexa Dal, dinos qué sustancias tenemos que ir ordeñando de esas tetas colgantes para hacer el máximo daño posible.

—Nunca pensé que terminaría este día ordeñando tetas —bufó Flynn.

ASÍ. RECOLECTAR EL MATERIAL Y HACER MEZCLAS.
¡ID PROBANDO! ¡MIX!
¡MUY BIEN, FLYNN!

¡ESTO ES DIVERTIDO!
VAYA.

BLOP
BLOP
BLOP
BLOP
VALE, ¿QUÉ ESTÁ PASANDO?, ¿QUÉ ES ESTA PESTE?
PEDOS.
¿PEDOS?
PEDOS.

Nunca en la vida hubiera imaginado que Verkan pronunciaría la palabra *pedo*. Dos veces. Lo que en realidad quería era crear una sustancia apestosa, peor que un pedo, que mil pedos, que un millón de pedos.

—He tomado muchas clases de química —exclamó Verkan—. Huele a tiocetona.

—¿Qué es eso?

—La toxina más apestosa del mundo. Huele tan mal que puede provocar náuseas y desmayos a quinientos metros de distancia. Una sola gota basta para apestar totalmente una habitación. Imaginaos lo que pueden hacer mil litros.

—Creo que tiene razón —señaló Hexa Dal olfateando el aire—. Debemos abandonar el biolaboratorio o moriremos por el nauseabundo olor.

La química era increíble. Una sustancia tan apestosa que podía matarte. ¿Podía existir algo más raro que eso?

—Bueno, creo que nos hemos cargado el Muñeco Diabólico... y con este olor, les costará volver a hacer experimentos.

—Me temo que es mucho peor —exclamó Hexa Dal con un tono de alarma instalado en la voz—. Está produciéndose una reacción en cadena. El olor va a llegar a todas las partes del nido. ¡Tenemos que salir de aquí!

—Desmantelar, destruir y arrasar —repitió Oli abriendo muchos los ojos.

—Eso parece —convine yo—, al final no solo el biolaboratorio, sino todo el chiringuito Realista.

Todos nos apretamos la nariz con los dedos para soportar el tufo que ascendía desde el Muñeco Diabólico, pero el olor era cada vez más intenso y lograba colarse en nosotros igualmente. No podías evitar oler mal. ¡Era el Gran Pedo Letal!

—Vayamos por aquí —nos ordenó Hexa Dal señalando la gruta por la que habíamos emergido. Sí, lo más razonable parecía desandar el camino.

Oli y yo estábamos más cerca que nadie de la salida, así que empezamos a andar apresuradamente por una de las pasarelas hacia allí.

Y entonces...

—¡Alto ahí! ¡Intrusos! ¡Congelaos!

Un Realista nos había dado el alto. Era un soldado. Estaba justo en la salida de la gruta por la que habíamos llegado al biolaboratorio. Quizá había olfateado nuestro rastro. Tal vez era un guardia haciendo su ronda. Quién sabe... no teníamos tiempo de preguntárselo, solo de dar media vuelta y buscar otra vía de escape.

—¡Corred!

El soldado desenfundó una espada curva de su cinto. Era una espada ominosa incluso a los cincuenta metros de distancia que se encontraba de nosotros. El soldado lanzó dos tajos al aire y el filo silbó.

Tragué saliva. No era cuestión de hacerse el héroe con alguien que sabía blandir la espada de aquella manera.

—¡Corre, Oli! ¡Retrocede!

Verkan, Flynn y Hexa Dal ya estaban corriendo en sentido contrario al soldado, deslizándose por las pasarelas hasta alcanzar el otro extremo del Muñeco Diabólico.

Oli también echó a correr por la pasarela. Yo fui detrás de ella, viendo con el rabillo del ojo cómo el soldado empezaba a perseguirnos. Afortunadamente, había cogido aire y lo retenía en mis pulmones para que aquel tufo no me provocara un desmayo.

Sin embargo, Oli no lo había hecho. Su cuerpo se desplomó unos metros delante de mí.

Por si fuera poco, el soldado me pisaba ya los talones blandiendo su espada curva.

Justo en ese instante supe que si no actuaba, iba a perder a Oli. Que mis proféticos vídeos taquiónicos iban a tener razón. No obstante, también recordé que el futuro lo construimos cada día. La historia iba a cambiar.

TAP
TAP
TAP
¡VAMOS!
ARGHHH

ESO, DESCANSA UN RATO.
TAP
TAP
TAP
¿ME HAS SALVADO?

CAPÍTULO 21

El olor era insoportable. Verkan, Flynn y el Realista fueron nuestro público. Yo tenía la cara desencajada por el miedo. Sin embargo, había pasado. Había dado mi primer beso en los labios a una chica. Se lo había dado a Oli. Y entonces supe, con una certeza tan sólida como el mismísimo hormigón, que nunca iba a perderla.

—El olor no tardará en expandirse por todo el nido —exclamó Hexa Dal—, debemos correr.

—Pues sácanos de aquí por el camino más corto —le exigí.

Un zumbido pulsátil comenzó a oírse por todo el nido. Su volumen iba aumentando poco a poco, hasta el punto de que te hacía temblar la piel.

—Es una alarma de evacuación —nos informó Hexa Dal.

—Al final sí que vamos a arrasar el nido —dijo Oli, y me lanzó una mirada pícara recordando el beso que nos acabábamos de dar. Yo sonreí como un bobo.

—¡Vámonos! —vociferó Verkan temiendo que nos volviéramos a besar.

Empezamos a correr por las diferentes grutas y estancias siguiendo a Hexa Dal. Nadie se dio cuenta de que estábamos allí, básicamente porque todos los Realistas estaban haciendo lo mismo que nosotros: correr como locos. Era como si hubieran abierto las puertas de un gran centro comercial el primer día de rebajas.

Todos corrían en todas direcciones, tratando de recoger sus pertenencias, encontrar a sus seres queridos... o cualquier otra cosa sin sentido. Porque se notaba que los Realistas aún tenían la mente embotada debido a la larga rave que era el Salve Odín.

Pero no todo iba a ser tan fácil.

Cinco soldados estaban en el otro extremo de uno de los pasadizos, esperándonos.

—¡Congelaos!

Hexa Dal se giró hacia nosotros y nos dijo que él se encargaría, que era su responsabilidad.

—Daos la vuelta, corred en sentido contrario y buscad las salidas de emergencia, y ante la duda coged siempre el camino de la izquierda —nos apremió.

—No, no nos vamos sin ti —exclamé.

Hexa Dal sonrió.

—Ya habéis hecho mucho por mí. Me habéis abierto los ojos. Ahora dejad que me ocupe de mi colonia, es mi deber. Os prometo que algún día volveremos a encontrarnos.

Fruncí el ceño, sin saber qué hacer.

—Vente con nosotros... —insistí una vez más con un hilo de voz mientras a nuestro alrededor atronaban los zumbidos, los gritos y los chasquidos de roca, como si todo el volcán estuviera regresando a la vida.

—Los entretendré todo lo que pueda. Nos volveremos a ver. Buscad cualquier agujero en la pared que exude una especie de flujo de materia viscosa, eso suele ser una salida de emergencia.

Todos pusimos cara de asco: no nos seducía la idea de meternos en un agujero que respondiera a esa descripción.

Los soldados se aproximaban a nosotros lenta pero inexorablemente. Enarbolaban lanzas y espadas.

Asentí. Le estreché la mano a Hexa Dal. Nos miramos a los ojos. Entonces supe que, en efecto, nada le haría cambiar de idea. Debíamos irnos sin él.

—Ten cuidado.

—Vosotros también. Me ha gustado vivir esta aventura fantabulosa con vosotros.

—Y a mí aprender un poco de tu brocabulario.

TAP
TAP
TAP
TAP
TAP
TAP

TAP
TAP
TAP
TAP
TAP
TAP
TAP
TAP

TAP
TAP
TAP
ESTAMOS PERDIDOS.

Los Realistas no eran los únicos que corrían por el nido como pollos sin cabeza. Nosotros también lo hacíamos. No había ni rastro de una salida de emergencia. ¿Quizá aquel nido no disponía de ellas?

—¿Qué hacemos ahora? —preguntó Flynn—. El olor es insoportable.

—No tardaremos en desmayarnos en este agujero —masculló Verkan.

—Gracias por tus ánimos —repuse.

—¿Por qué no regresamos por donde hemos venido? —preguntó entonces Oli.

Aparentemente, aquella idea no tenía sentido. Habíamos llegado hasta allí cayendo desde las alturas. ¿Cómo se supone que íbamos a regresar si no teníamos alas para volar? Sin embargo...

—Eso es mejor que dar vueltas y más vueltas por este laberinto. A lo mejor encontramos alguna forma de subir por otro lugar.

—Al menos dejaremos de cruzarnos con cientos de Realistas que pueden darse cuenta de que no formamos parte de la colonia —añadió Flynn.

—Y no olerá tan mal —terció Oli.

Sin más preámbulos, tratamos de regresar a la amplia galería donde se celebraba el Salve Odín, avanzando a toda velocidad mientras salvábamos charcos de lodo, pasarelas, salientes, soportes y otros tantos obstáculos.

Conseguimos rodear el perímetro del Salve Odín. Cada vez quedaban menos Realistas, y los pocos que aún deambulaban por allí iban cargados con cajas y otros objetos, definitivamente desmantelando el nido.

Por fin, identifiqué el camino por el que había gobernado a Copia 1, 2 y 3 con el telemando.

—¡Es por aquí!

Corrimos por un terreno llano y abierto. El olor continuaba siendo muy intenso, pero resultaba más tolerable.

Poco a poco, fuimos dejando atrás los zumbidos de la alarma, así como el barullo de los Realistas. Estábamos a salvo, al menos por el momento.

El suelo se fue haciendo cada vez menos sólido. El fango empezaba a cubrir nuestros zapatos. Estábamos sucios y agotados. Avistábamos el enorme charco en el que habíamos aterrizado al llegar al nido.

—Vale, ¿qué hacemos ahora? —preguntó Verkan, mirando a su alrededor.

—Hay demasiada oscuridad para poder distinguir alguna pared —suspiré mientras buscaba alguna pista entre la bruma.

—La tiocetona no dejará de expandir su maravilloso aroma —nos advirtió Verkan en tono funesto—, si en media hora no estamos a un buen puñado de kilómetros de aquí...

—Kaput —completé yo recordando aquella palabra que tanto le gustaba a Hexa Dal. Por un segundo, esperé que estuviera bien, que hubiera encontrado alguna salida de emergencia. De ser así, sin duda estaría mucho mejor que nosotros—. Intentemos rodear el charco, quizá consigamos localizar otro pasadizo o alguna pared por la que escalar —dije tratando de mantener la esperanza—. No nos podemos rendir ahora.

—Al menos, hemos salvado el mundo —suspiró Oli.

—Les va a costar volver a hacer algo como el Muñeco Diabólico —añadió Flynn—. La próxima vez se lo pensarán mejor.

—Sí, somos unos héroes —masculló Verkan en tono sarcástico.

La cosa, sin embargo, aún se puso mucho peor.

Un temblor empezó a ascender por nuestros pies, tobillos y piernas. Tras el temblor, hubo un chasquido lejano de un resquebrajamiento colosal. Como si una montaña que se encontrara a cien kilómetros de distancia se hubiera partido en dos. Como si mil truenos de una tormenta remota hubieran decidido sonar todos a una.

—Y ¿ahora qué pasa? —exclamó Flynn, visiblemente agotada por tantas emociones.

—Tal vez el volcán está entrando en erupción —aventuré, al tiempo que buscaba con la mirada cualquier cambio en la geografía. Me aterraba la posibilidad de que, de repente, el suelo se abriera bajo nuestros pies y la tierra nos engullera para siempre.

—A lo mejor los Realistas están destruyendo su propio nido con alguna clase de explosivo o algo así para que nadie pueda encontrarlo —planteó Verkan.

—Sea lo que sea, no suena nada bien —intervino Flynn.

Oli me cogió de la mano y la apretó fuerte, mirándome a los ojos.

—Tengo miedo.

Tragué saliva.

—Yo también, pero nunca nos separaremos.

Verkan y Flynn también se cogieron de la mano.

Y Oli y Flynn, a su vez, se tomaron de las manos que les quedaban libres.

Así estábamos los cuatro. Muertos de miedo, sucios, llenos de arañazos, exhaustos. En las profundidades de la Tierra. En un nido Realista que estaba siendo desmantelado por un olor insoportable (en el mejor de los casos) o que iba a ser destruido por un terremoto (en el peor).

Y, aun así, estábamos juntos, unidos por aquella cadena indestructible de manos. Éramos más amigos que nunca. Ni siquiera necesitaba comprobar el WatchFriend para estar seguro.

Y eso era lo más importante.

Bueno, eso y el milagro que acababa de materializarse delante de nosotros.

Al principio pensamos que era una ilusión óptica, pero a medida que se aproximaba, su silueta se iba haciendo cada vez más inconfundible.

TAAACHAN!
¡MENUDO PESTAZO! ¿QUÉ HABÉIS LIADO?

LOS TEMBLORES ABRIERON UNA BRECHA EN EL SUELO Y LA FURGONETA CAYÓ AL VACÍO. ¡POR LOS PELOS NO ME ESTRELLO!
¡AGARRAOS!
¡POR AHÍ NO PASAMOS!
¡TRANQUILOS, LO TENGO CONTROLADO!

ABANDONAN EL BARCO COMO RATAS.
LOS EFECTOS DE ESE OLOR TARDARÁN AÑOS EN QUITARSE.

NO PODRÁN ACCEDER A LAS ENZIMAS NI EL LABORATORIO. LOS REALISTAS HAN SIDO DESCABEZADOS, COMO POCO TEMPORALMENTE.
¡BUEN TRABAJO! ¡EL ATAQUE TERRORISTA YA NO TENDRÁ LUGAR! AL MENOS HASTA QUE ESOS CHIFLADOS DECIDAN VOLVER A ATACAR.
¡Y AHORA A LAVARNOS! DICEN QUE LOS BAÑOS EN TOMATE VAN BIEN.

EPÍLOGO

—Pecas, tío, no te vas a creer todo lo que me ha pasado. En serio. Vas a alucinar. No hay suficientes WTF para poner delante y detrás de esta historia. ¿Estás preparado? Pues allá va...

Tras regresar a la escuela, quise grabarlo todo en vídeo. No os diré si estaba en Gamedonia o el Directorio XY. ¿Sabéis por qué? Porque en realidad no importa mucho. Ambas instituciones se han reconciliado. Han mezclado sus filosofías de enseñanza: virtualidad y realidad.

De hecho, Peary y Burakov vuelven a estar juntos. ¿Os lo podéis creer?

—Porque el mundo es mejor si sabes explorarlo desde la realidad pero también si sabes cuándo es adecuado escapar de él y jugar —le expliqué a Pecas.

A veces, para recordar que todo lo que había vivido era real, que era dueño de mi destino, que había cambiado el futuro, exploraba el disco duro de mi portátil taquiónico en busca de vídeos proféticos que dieran mal rollo. Ahora ya no dicen que el mundo está en peligro. O que Oli va a morir. Así que las cosas no solo van bien, sino que pinta que van a ir mucho mejor.

—Pecas, tío, te vas a partir de risa cuando te explique lo de los pedos. Acabamos con los planes de los Realistas gracias a un gran pedo. ¿Te lo puedes creer? Pues resulta que...

Otra cosa que empecé a hacer de forma habitual aquel curso, además de volver a grabar mis vídeos, fue conectarme para hacer videollamadas con Ogro. Increíblemente, ahora vive muy feliz en Tanna, enseñando a los lugareños a jugar a videojuegos. Al parecer, flipan con su ordenador, lo que le ha hecho ascender de rango de dios a superdiós, o algo así. Además, ahora ya no solo habla sin tartamudear, sino que se ha quitado la máscara. Ya no le tiene tanto miedo al mundo. Sigue viciándose con el ordenador, claro, pero también experimenta la vida que le rodea. ¡Hasta ha aprendido a surfear!

También he hecho alguna videollamada con Hexa Dal. No sé cómo lo hizo, pero salió con vida del nido. Todo se desplomó y fue destruido, pero el volcán no llegó a entrar en erupción. Así que se coló por alguna grieta y huyó de aquel lugar, que ahora sigue atufando a esa sustancia química que generamos con ubres de vaca o algo así. En fin, qué cosas más raras me pasan. Ahora Hexa Dal ha regresado a Sealand, y desde allí continúa vigilando de cerca a los Realistas, dispuesto a actuar si vuelven a hacer de las suyas.

—Llámanos si necesitas ayuda —le dije una vez guiñándole un ojo.

—No creo que tengamos noticias de ellos por mucho tiempo —me respondió con una sonrisa; a su espalda distinguí a Roy Bates tirando una caña de pescar al mar.

Por lo demás, todo continúa igual con mis amigos. Bueno, ahora he recuperado algunas amistades. Vuelvo a hablar con Robin. Y también con Yumi, que sigue haciéndonos flipar cuando nos explica algo raro que ha leído en algún libro.

A pesar de que les encanta hacerse rabiar, Verkan y Flynn siguen juntos. Flynn, además, ha invertido todas sus ganancias en el eCasino de Asjabad en el desarrollo de un videojuego que dice que será alucinante. Al parecer, el doble de Thor le escribió un correo entusiasmado cuando vio el proyecto por internet. También le comunicó que por fin había abandonado a Pahlevi, que seguiría con sus negocios oscuros. En cuanto a Verkan, mi WatchFriend sigue en verde, es decir, que somos compatibles. Dice que le da rabia que su invento indique que debemos ser colegas, pero en el fondo sé que le encanta que así sea. Seguro que el WatchFriend se hace muy famoso en el mundo, aunque a mí ya sé que no me hará falta nunca más.

Ah, sí, me queda hablaros de otras personas.

PRIMERO DE ROBIN Y YUMI. NO HACE FALTA UN WATCHFRIEND DE VERKAN PARA SABER QUE ESOS DOS AHORA SON MÁS QUE AMIGOS.
Y AHORA QUE HAY BUEN ROLLO ENTRE LAS DOS ESCUELAS, HABLAMOS MUCHO.
¡VAMOS, LLEGAMOS TARDE A CLASE! ME HE VUELTO A VICIAR CON ESE JUEGO DE ZOMBIS...
¡UN MOMENTO!
Y ME FALTABA OLI. ESTÁ MUY ENGANCHADA A UN NUEVO JUEGO. SE HA PUESTO EL NICK DE ZOMBIRELLA
BUF, CUÁNTAS COSAS NOS HAN PASADO. ALGÚN DÍA QUIZÁ LO ESCRIBO TODO.
QUIÉN SABE, QUIZÁ ALGÚN DÍA GAMEDONIA Y EL DIRECTORIO XY CIERREN SUS PUERTAS Y BURAKOV QUIERA USAR ALGUNO DE SUS INVENTOS PARA BORRARNOS LA MEMORIA.
SI LO ESCRIBO TODO, SIN EMBARGO, NUNCA LO OLVIDARÉ.

LO ÚNICO QUE CREO QUE NO NECESITO ESCRIBIR ES LO QUE SIENTO POR ESTA CHICA.

PEARY
PAHLEVI
OGRO
BURAKOV
HEXA
DAL